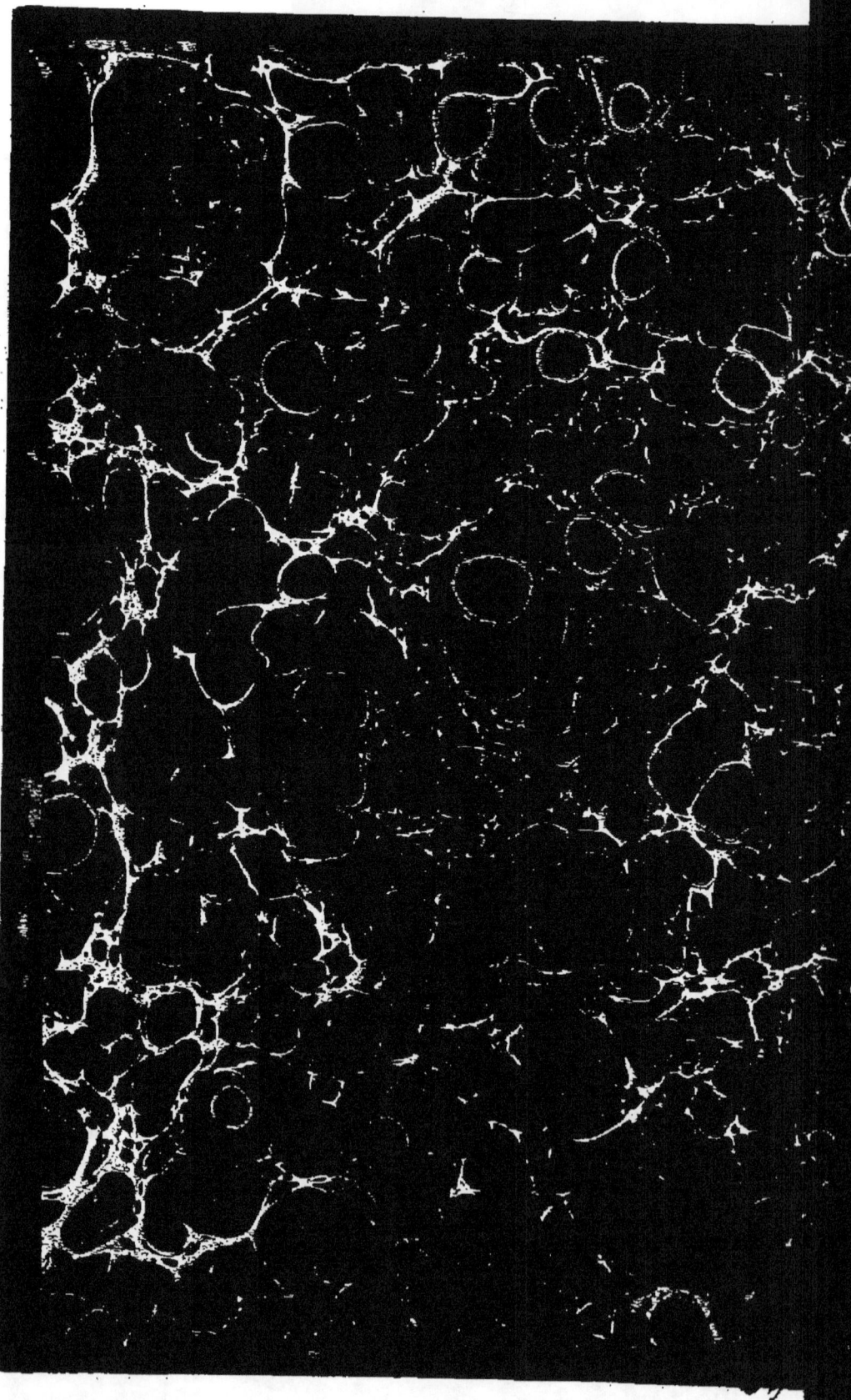

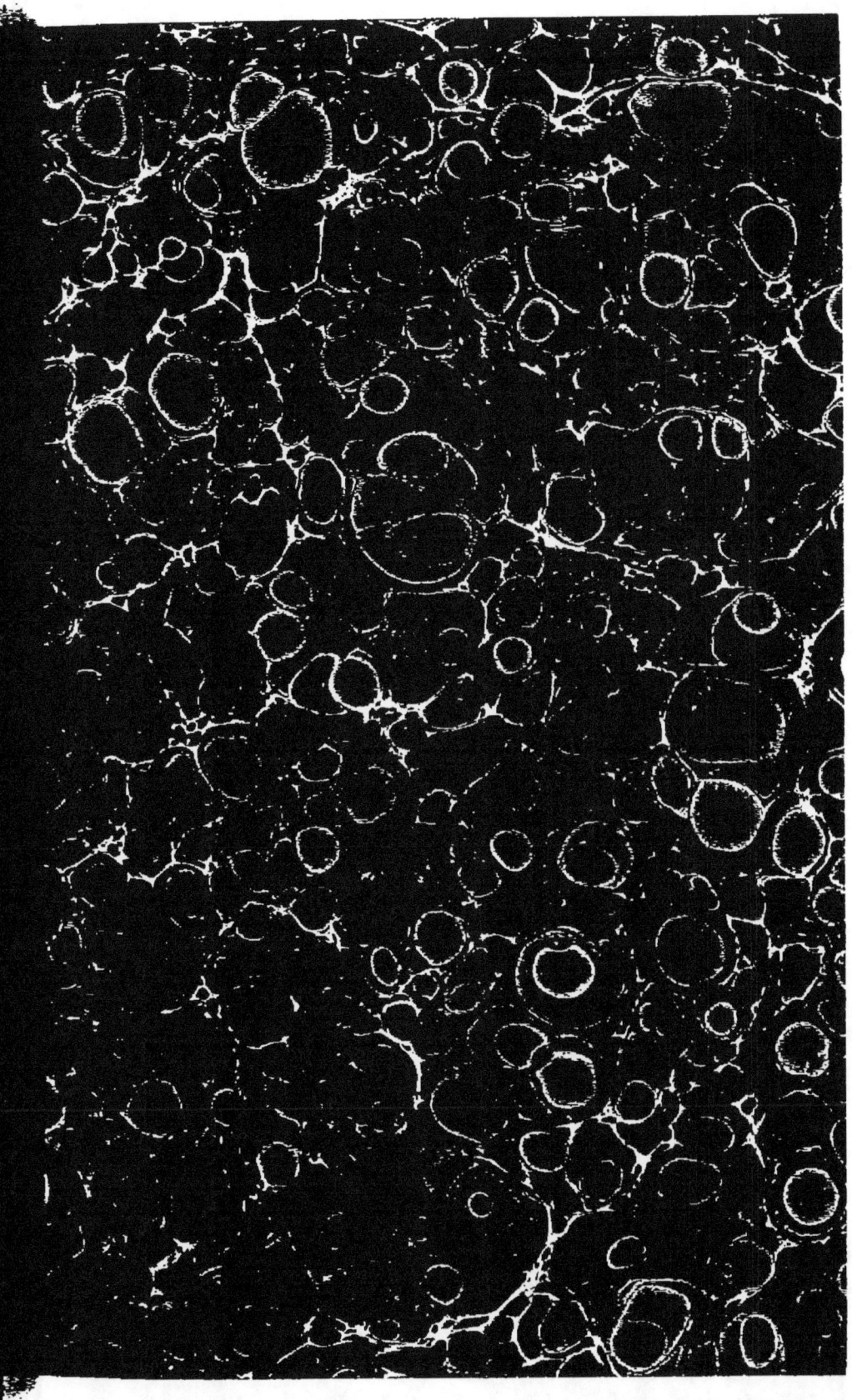

LES

ÉLANS DU COEUR.

LES
ÉLANS DU COEUR

Par M. F.-A. de Maynard.

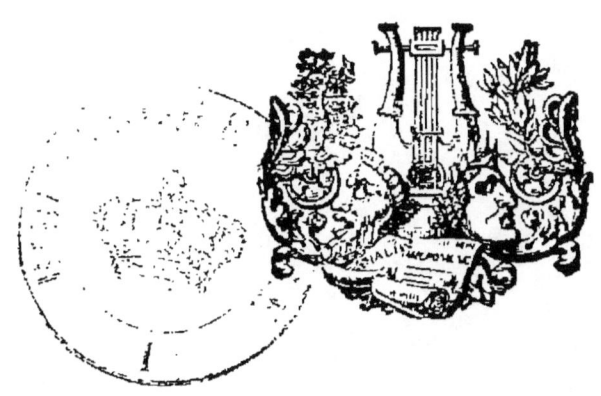

TOULOUSE,
IMPRIMERIE DE J.-B. PAYA, ÉDITEUR.
Hôtel Castellane.
1841.

PRÉFACE.

LA poésie est la voix du cœur, l'élan immédiat de la pensée : dans son langage, les idées apparaissent avec toute la
vivacité de leurs couleurs, avec toute la variété de leur forme,
et la longueur des périodes n'y diminue pas la force du dis-
cours; en elle, tout est âme ; peu faite pour convaincre, elle

1

saisit, elle entraîne, souffle l'enthousiasme dans les cœurs les plus froids, endort les douleurs les plus ulcérées, calme les plus poignans souvenirs, excite les passions qui dorment, et les appaise à son gré, quand elles jaillissent comme une flamme dévorante qui menace de consumer, à la fois, les objets qui l'entourent et le foyer qui la contient; pouvoir magique, elle dompte l'homme et le soumet au sceptre invisible du génie; mine inépuisable, elle peut satisfaire à la fois l'homme supérieur qui ne cherche que la pensée, et le lecteur superficiel et léger qui ne demande que l'harmonie des sons et l'heureux accouplement des mots : elle prête son âme, à tout ce qu'elle touche, ou plutôt elle met à nu celle des objets qui l'entourent, se l'approprie et lui impose son sceau de feu. Veut-elle peindre la vague bondissante, qui vient se rompre en grondant sur la dune déserte ? Elle emprunte la grande voix des eaux, et on entend le mugissement sourd de la tempête, qui courbe la tige des arbres, qu'elle déracine, et qui va se perdre dans l'onde courroucée qu'elle soulève en montagne d'écume. Veut-elle parler du limpide ruisseau qui porte la fertilité dans les campagnes qu'il entoure de ses méandres gracieux ? Elle est tranquille comme l'onde, qui coule sur le sable argenté, ses couleurs sont fraîches comme les fleurs de la rive, ses murmures harmonieux, comme le bruit de l'eau qui filtre sous le gazon émaillé qui se courbe en pont de verdure sur le ruisseau qui le féconde, comme pour le remercier de ses dons, et protéger son onde; elle gronde comme le tonnerre, bêle comme l'agneau, vagit comme l'enfant dans ses langes, ramage comme le rossignol, gémit comme la tourterelle, hennit comme le coursier, soupire comme le zéphir, chante comme les anges; en un mot, la poésie emprunte le langage des objets qu'elle peint, fait ressortir leurs couleurs et les pare de leurs plus beaux atours, comme une mère qui verse les parfums d'orient sur la blonde chevelure de son premier né, qui, fier de sa robe blanche, ornée de guirlandes et de chaînes d'or doit se mêler aux lévites, pour jeter des fleurs au Saint-Sacrement; tout s'embellit sous le pinceau des poètes, échos mélodieux qui semblent répéter des chants appris dans un autre monde, enfans privilégiés de la terre qui parlent le langage des Dieux. Aussi, les anciens appelaient-ils divins, ces hommes qui dans des chants inspirés, célébraient la gloire des héros, les victoires de la patrie, la grandeur des immortels et les chastes amours. Mais les poètes de l'antiquité avaient compris comme l'école moderne, le but sublime de la poésie et les devoirs que la lyre impose à ses enfans. Mais dans un temps malheureux où le philosophisme avait usurpé le trône de la raison, le septicisme soumit notre poésie à son pouvoir corrupteur, des hommes de génie reniant leur nom de *divin*, mirent à leur luth la corde de l'impiété, prostituèrent leurs

chants aux applaudissemens des halles, coupèrent les ailes de
leur muse, et, sycophantes échevelés, la firent marcher, en esclave, à côté des courtisannes. Quelques-uns répandaient avec
profusion un encens adulateur sur les pas des plus viles
Phrynés, tandis que les autres fesaient tourner dans leur main
un faisceau de serpens menaçans, qui, sifflant impitoyablement
sur toutes les têtes, venaient, de leur aiguillon impur, miner
l'autel du Christ. Mais aujourd'hui, divinité réintégrée dans
son culte, la poésie devenue la harpe de David, pour calmer les
fureurs des hommes, a volé dans les champs de l'espace, sur
les ailes d'aigle de Victor Hugo, et a mis dans les mains de
Lamartine, poète mystérieux, le luth des Séraphins. Prenant
sur ses épaules la croix du Golgotha, la muse moderne,
temple vivant du Seigneur, a mêlé la couronne d'épine à celle
de myrthe, les plaintes du martyr aux soupirs de l'amour;
et si, parfois, effroyable mégère, elle emprunte un instant les
serpens de Némésis, une voix s'élève du sanctuaire de l'harmonie, et les sifflemens aigus des reptiles étouffés par de mélodieux accords, se taisent, comme pour écouter leur vainqueur.
Salut, donc, Lamartine, ange qui parcours la terre pour dévoiler les secrets de Jéhovah! salut à toi, aigle audacieux, qui,
dédaignant les sentiers déjà frayés par ceux qui t'ont devancé
et les routes obscures où s'égarent encore tes contemporains,

as crié : *réforme*, de ta voix majestueuse comme les eaux,
harmonieuse comme la brise du soir ; salut, à toi Hugo ! salut
à vous deux, dont les vers sont nés dans le monde et aspi-
rent à monter vers la source des êtres, patrie des torrens de
lumière et de foi, que nous devinons à peine et dont vous
vous enivrez, ames trop fortes pour sentir comme nous. Salut !
grandes figures de notre siècle, géans de la pensée qui, sur les
fastes de notre littérature, écrivez, en caractères de feu, vos
noms aussi immortels que notre langue, dont vous avez enri-
chi le trésor. Salut à vous deux, audacieux réformateurs, qui
avez marché hardiment dans un nouveau sillon, sans craindre
les zoïles qui s'attachent toujours au vrai talent ; le siècle
présent qui vous mesure avec le compas de l'admiration a partagé entre vous deux le trône poétique, l'avenir vous assigne-
ra-t-il des places différentes, sur l'échelle de l'immortalité ?...

Mais je ne veux pas faire ici l'histoire de la poésie : des volu-
mes suffiraient à peine, pour suivre sa marche à travers les
âges. La poésie française, comme celle des autres peuples, née
au sein de la barbarie dans sa lutte avec la civilisation, est
aujourd'hui bien loin de son point de départ, féroce, guerrière, incorrecte et libre sous les bardes de nos pères ; langoureuse, tendre, chevaleresque avec les troubadours ; galante sous
François Ier ; élégante, grande, majestueuse, sublime sous
Louis XIV ; religieuse intime, méditative, de nos jours ; quand

. un siècle a heurté à la porte de la civilisation, elle est entrée avec lui, est montée sur le char des conquérans, a pris la chaîne des vaincus et s'est mêlée à tous les grands événemens de l'époque. Aujourd'hui même qu'elle semble avoir atteint l'apogée de sa gloire, elle s'avance encore, et ne s'arrêtera dans sa marche progressive, que quand l'éternité viendra dévorer le temps, car Dieu n'a pas mis une borne à l'intelligence, en lui disant : *nec plus ultrà*. Les colonnes d'Hercule de la littérature sont la barbarie, et Dieu nous deshéritera-t-il d'une civilisation acquise au prix de tant de veilles et de tant de sueurs ?

Mais pourquoi tourner autour de mon sujet ? Pourquoi, à propos de la plus infime production, parler de ces hommes que j'outrage en écrivant leurs noms. Ah ! c'est qu'en lisant leurs pages brillantes, j'ai senti battre mon cœur de jeune homme, et je les ai aimés comme des vieux amis; je leur donne ici le tribut de reconnaissance, que le dernier des élèves a le droit de payer au maître qui lui donna ses premières leçons ; et le lecteur ne sera sans doute pas fâché que j'aie mieux aimé lui parler des auteurs qu'il admire, que de quelques pièces fugitives, dont je veux pourtant lui dire un mot, pour qu'il me pardonne mon audace, à moi, qui, à peine sorti de sur les bancs classiques, viens lui offrir les produits d'une plume vierge, qui n'a invoqué d'autre muse, que la Religion et l'Amour.

Religion, Amour, sentimens mystiques. qui se trouvent accouplés dans tout noble cœur, comme deux frères jumeaux, dont l'un ne peut périr, sans entraîner la mort de l'autre ; Religion, refuge de tout cœur désespéré qui cherche une consolation ; Amour, source divine où l'ame vient appaiser cette soif de bonheur qui la dévore ; Religion, étoile polaire de la vie ; Amour, sans qui elle n'est rien, refuges des malheureux comme des heureux de la terre, je vous ai implorés, et quelquefois vous avez mis à ma lyre plaintive, la corde de l'espérance et du plaisir. Quand ma jeunesse fatiguée d'errer au milieu des écueils de la vie, poussait une plainte douloureuse, que nul n'avait tâché d'endormir, qui n'avait trouvé pour écho que celui qui répond à l'orfraie, comme au rossignol, à la voix de l'homme, comme au clairon des combats, je suis venu pleurer près de vous, comme un enfant sur le sein de sa mère, et vous avez essuyé mes pleurs.

La Religion est toute poésie, parce qu'en elle tout est vrai, tout est sublime comme son auteur, tout y est empreint d'un cachet de grandeur qui nous révèle un Dieu, devant lequel la louange s'échappe d'elle-même en harmonieux accord.

L'Amour n'a-t-il pas aussi son culte ? N'est-il pas une religion ? La femme, Eve consolatrice de notre long exil, n'est-elle pas le génie bienfaisant qui prend dans ses mains la coupe empoisonnée, et en boit toute l'amertume, pour ne nous en laisser que le miel? N'est-ce pas cette mère dévouée, forte de ses faiblesses, qui a veillé près de notre berceau, qui a partagé nos premières joies, essuyé nos premières larmes? Calomniée par des hommes indignes de prononcer son nom, la femme, ange de pardon et d'amour, compagne dévouée de notre destinée, ne s'associe-t-elle pas à tout ce qu'il y a de beau? Amante, passionnée au temps de félicité, amie constante aux jours d'épreuves et de malheur, n'est-elle pas capable de tous les dévouemens? Soutien des opprimés, ne dédaigne-t-elle pas le char de l'oppresseur? Entre le bourreau et la victime, n'est-elle pas la chaîne médiatrice d'où découle le pardon? Elle comprend tous les élans du cœur, donne son amour à tout homme couronné d'un auréole de gloire, car personne plus qu'elle n'est capable d'apprécier les esprits supérieurs; elle devine l'essor de la pensée de celui qu'elle aime, comprend son moindre regard, prend pour loi ses désirs, et lui donne jusqu'à sa vie; elle guérit nos plaies en y répandant un baume dont elle seule a le secret, baume consolateur que peut seule verser une main de femme, qui se cache sous le voile de la modestie, alors même qu'elle nous rend au bonheur!

Quand la Religion sanctionne un acte, cet acte est essentiellement bon; si elle inspire un ouvrage, elle le dore d'un rayon de sa grandeur; quand la femme applaudit à une action, elle est sublime, car rien de vil ne peut arracher ses suffrages : si c'est pour elle que le poète soupire, ses chants sont plus purs et plus mélodieux, comme si tout ce qui s'approche des anges de la terre, empruntait la sainte majesté des anges des cieux. Aux pieds de la femme, l'homme réforme son caractère intraitable, s'embaume des parfums de vertu qui s'exhalent d'une ame aimante et passionnée qui, en le soumettant à son joug glorieux, lui laisse toute sa noble fierté qu'elle aime, son courage qu'elle excite, sa magnanimité qu'elle récompense ; et si nous avons en nous quelque chose de bon, j'ose dire que nous le devons, à nos mères, à nos amantes, à nos sœurs qui, sous leurs caresses, nous ont appris la vertu.

> Oui, le Ciel fit les femmes
> Pour corriger le levain de nos ames,
> Pour adoucir nos chagrins, nos humeurs,
> Pour nous calmer, pour nous rendre meilleurs.
>
> (VOLTAIRE, *Nanine*, acte. Ier.)

Tirez pour un instant de dans le cœur de l'homme, l'amour et la religion, et l'homme livré à lui-même jouet de son orgueil, victime de cet égoïsme que la femme ne connaît pas, errera entre le vice et le malheur, entre le crime et le désespoir. Que le poète déserte à la fois la double bannière de la femme et de Dieu, et sa plume stérile se brisera sous ses doigts, sa lèvre desséchée ne saura que maudire et chanter son hymne de mort, sa marche au suicide.

Convaincu des vérités que je viens d'énoncer et que je regrette de ne pouvoir prouver par des argumens incontestables, dans une préface déjà trop longue, appuyé sur les aîles de l'Amour, conduit par le flambeau de l'Amitié, j'ai déposé mes premières pensées aux pieds de la Religion qui ne m'a jamais repoussé au milieu des déceptions les plus désespérantes. J'ai tâché dans mes vers d'honorer celles qui sèment de fleurs le chemin de la vie, et celui qui, à la fin des âges, nous récompensera des peines de l'exil. J'ai écrit sans suite, sans liaison, sans autre guide que la succession de mes idées, sans autre canevas que les situations diverses de mon esprit : chacune de mes pièces fugitives, est un épisode de ma vie de jeune homme; vie bien courte, que les passions et les malheurs hélas! ont déjà trop bien remplie! Je les ai écrites dans mes heures de plaisir, de bonheur et d'espérance; et le plus souvent dans mes momens de douleur et de désespoir, qui n'ont pas épargné les épines à mon laborieux pélerinage. Elles respirent, toutes, une teinte sombre, parce que quand j'étais abandonné des hommes ou que je les fuyais, incommodé de leur folle joie, je venais dans de rares momens d'inspiration, verser mon ame sur le papier, comme un secret dans le sein d'un ami. Là, seul avec moi-même, je pensais à ceux que j'avais aimés et à ceux que je chéris encore ; mais comme à chaque pas que j'ai fait dans la vie, j'ai vu des tombes aussitôt fermées qu'entr'ouvertes sur la partie périssable de ceux que j'ai rencontrés ici-bas, et qui m'ont tendu une main de frère, on trouvera peut-être que ma pensée se rapporte trop souvent vers le champ funéraire, où vont se reposer les pèlerins du monde. Mais, en voyant autour de moi tant de places vides, est-il étonnant que mon souvenir soit revenu vers ceux qui les occupaient naguère et qui m'attendent aujourd'hui dans la froide couche des morts ? Est-il défendu à un fils de pleurer sur les auteurs de ses jours, à un amant d'aimer la tombe de son amante ? La vie de l'homme n'est qu'une longue douleur. Si la gaîté vient parfois dérider nos fronts, ce n'est que pour es rendre plus sombres comme une de ces lueurs blafardes, qui pendant une nuit orageuse sillonnent le nuage obscur, et qui, loin d'éclairer les pas du voyageur semble n'être venu que pour lui montrer un instant les vapeurs menaçantes, qui pèsent sur la terre et pour le replonger ensuite dans les ténèbres du chaos.

Ou qu'il naisse ou qu'il meure
Il faut que l'homme pleure
Ou l'exil ou l'adieu.

(DE LAMARTINE.)

Lecteur qui parcourez ces pages, vous ne serez pas toujours heureux; peut-être avez-vous été déja abreuvé à la coupe du malheur !... Ah! si la mort a enlevé de vos bras quelque personne chérie; si, comme un verger que l'orage a sillonné lorsqu'il était encore en fleur, votre front est outragé de rides précoces, par la main du chagrin, votre douleur pardonnera à la mienne; les plaintes arrachées à ma plume ne seront peut-être pas sans charmes pour vous... J'ai voulu vivre avec les morts au milieu des vivans, et ceux-ci ne seront pas fâchés dans leur moment de désespoir, de trouver ici une pensée qui s'harmonise avec la tristesse de leur ame. Sorti depuis deux ans du collége, j'ai demandé aux champs l'indépendance, aux zéphirs de la poésie, aux ruisseaux des inspirations, aux forêts des harmonies, à l'Amour des ravissemens, à la Religion des extases et de l'enthousiasme, à l'Amitié des consolations. Mais dédaignant le tumulte des villes, je n'y ai pas puisé ce bon goût qu'on y trouve souvent au milieu de la corruption, comme une fleur qui croît sur un terrain impur. Je livre au public mes poésies, telles que je les avais écrites pour moi-même; car ce n'est qu'à la sollicitation de quelques amis trop indulgens, que je me suis décidé à faire imprimer ces rêveries de jeune homme, que j'ai cru pouvoir intituler : *Elans du cœur*; car le cœur en fait tous les frais, et le style, souvent rebelle aux plus hautes intelligences, a tout à fait refusé ses faveurs à ma plume inhabile. N'allez pas chercher dans mes pièces détachées cette robe superbe qui drape les idées des poètes, je ne suis pas au nombre de ces êtres privilégiés, et j'aime mieux être vrai que brillant. Aussi mes idées ne plairont pas à tout le monde, ceux qui se disent encore esprits forts, accueilleront mes chants religieux avec un sourire moqueur, et ne leur feront même pas l'honneur d'une lecture sérieuse ; car tout ce qui ne flatte pas leurs passions, est pour eux sans mérite. D'autres personnes, habituées à voir dans le pauvre un être dégradé, réduit de temps immémorial, à l'état de bête de somme, s'étonneront que j'aie préféré pleurer et espérer avec lui que de sacrifier au veau d'or des grandeurs. Mais peu m'importe d'attirer les applaudissemens de cette foule futile qui s'abreuve encore à la source empoisonnée des libelles érotiques et graveleux ; jamais je n'ai ri de son rire ; je n'ai jamais porté à mes lèvres la coupe de ses orgies. Peu m'importe, aussi, d'attirer le sourire des grands, par de basses flatteries : jamais je n'ai recherché leurs faveurs, et jamais je n'achèterai, par de basses condescendances, l'obole que nous jette leur orgueilleux dédain. Mais, si les amis qui m'ont déja encouragé me lisent avec indulgence, s'ils découvrent dans mes idées une seule de leurs pensées intimes, j'aurai atteint mon but. Si surtout, pour cette première production poétique, j'obtiens la sanction d'une femme, si je puis éveiller en elle quelque sympathie, si elle plaint ceux que je regrette, si elle verse une larme en me lisant, cette larme sera, pour moi, ce qu'est le sel vivifiant pour un malade en défaillance ; ce que sont des encouragemens de mère, pour l'enfant qui essaie ses premiers pas : et je serai de reste récompensé de quelques heures dérobées à mes amis, pour écrire des impressions si vivement senties et, hélas ! si malheureusement exprimées !

Quelle que soit la valeur de mes productions poétiques, je les lance sans crainte au milieu du monde littéraire : leur médiocrité même les sauvera de la censure des Aristarques modernes, qui, comme les moissonneurs, coupent les épis à l'endroit où ils sont les plus serrés, sans s'amuser à glaner, quand ils ont fait leurs gerbes. Et si quelque écrivain vient jeter des épines sur la carrière que j'embrasse aujourd'hui pour la quitter demain, je le remercie d'avance ; car, s'il a du talent, il me fera croire que mes *Élans du cœur* ne sont pas sans mérite, et peut-être suivrai-je la route que je n'ai pas la force de parcourir ; car la critique est l'aiguillon du talent ; faite avec discernement, elle peut en être la mère.

Caupeyre, le 1er juillet, 1841.

F. A. DE MAYNARD.

LES

ÉLANS DU COEUR.

Souvenirs.

Epître sur les Souvenirs.

A M. J. B. L.

Tout ce qui chante ne répète
Que des regrets ou des désirs:
Du bonheur la corde est muette;
De Philomèle et du poëte,
Les plus doux chants sont des soupirs.
(DE LAMARTINE.)

J'ai vingt ans, et je veux revenir en arrière;
Boire au creux de ma main le flot que j'ai laissé;
Je veux, en me courbant, chercher sur la poussière
    La place où j'ai passé.

Je veux, en un moment, de ces jours que je pleure,

Rappeler devant moi le fantôme trompeur,

Et je veux prolonger un peu le cours de l'heure

Qui sonna le bonheur.

Comme une eau qui s'écoule et conserve l'image

Des fertiles côteaux qu'elle rase en passant,

Mon ame a conservé, quoique sous un nuage,

Mes souvenirs d'enfant.

Souvenirs précieux de la première aurore,

Où nous coulions, ami, des jours veufs de douleurs,

Où nos lèvres d'enfans ne buvaient pas encore

Dans la coupe des pleurs.

Où nul autre soupir que des soupirs de mère

N'avait encor frémi dans nos jeunes cheveux,

Dont les anneaux dorés rayonnaient la lumière

Et flottaient sur nos yeux.

Te souvient-il encor de nos courses joyeuses,

Dans les bois verdoyans, au sommet des côteaux,

Quand notre main tirait de leur mousse soyeuse

      Les petits des oiseaux.

Voir croître leur duvet sous nos tendres caresses,

Ecouter leur doux chant, jalouser leur faveurs,

C'étaient nos seuls plaisirs et nos seules tristesses :

      C'était là le bonheur !

Mais, plus tard, quand notre ame, au bruit lointain du

Eut pris, pour s'élever, l'aile de la raison,   [monde,

Quand nous allions rêver dans la grotte profonde,

      Dans les bois du vallon ;

Alors que nos regards, guidés par l'espérance,

Sondaient, sans s'effrayer, dans le dédale obscur

D'un avenir douteux, que notre heureuse enfance

      Formait d'or et d'azur ;

Un même sentiment faisait frémir nos ames,

Un transport inconnu s'emparait de nos cœurs,

Et nous nous demandions : « Toutes ces jeunes femmes

Ne sont donc pas nos sœurs ? »

Et nous disions aussi : « Pourquoi la jeune fille

Qui naguère venait nous offrir son baiser,

Eloigne de nos fronts ce long regard qui brille

Et qui semble brûler ? »

Et nous parlions alors d'amour et de délices,

De beauté, de plaisir, de bonheur et d'appas,

Toutes choses portant, sous des fleurs, des cilices

Que l'on n'aperçoit pas !

Enfans!... nous affilions le tranchant de l'épée

Qui devait se plonger jusqu'au fond de nos cœurs,

Se retirer de sang et de larmes trempée,

Pour réveiller nos pleurs.

Puis, lorsque le secret que l'amour nous révèle,

Eut d'un rayon brûlant armé notre regard,

Nous voulumes chasser la première étincelle,

    Mais il était trop tard.

Tels que la lampe d'or qui dans la basilique

Eclaire en vacillant la sainte obscurité,

Nous brûlions notre encens dans un vase pudique

    Aux pieds de la beauté.

Chaque regard venait agiter notre flamme

Que gardait notre cœur, vestale de l'amour,

Qui consacrait sa vie au culte d'une femme

    Qui nous aimait un jour......

Quand, arrêtant nos pas près du fleuve de l'âge,

Nous voyions un ami qui manquait à nos vœux,

Ensemble nous creusions sa tombe sur la plage,

    Et nous fermions ses yeux.

Des cygnes blancs, parfois, on voit la troupe errante
De leur pays natal fuir le lac azuré,
Et porter dans les airs de leur aile éclatante
Le plumage nacré.

Des monts les plus altiers ils franchissent la cîme ;
Ils planent sur les flots que glace un vent d'hiver,
Et de leur majesté vont étonner l'abîme,
Les ondes de la mer.

Mais, si le ciel sur eux fait tournoyer l'orage,
La troupe se disperse, et l'on ne trouve plus
Que des couples errans de rivage en rivage,
Par la vague battus.

Nous partîmes ainsi, bande jeune et joyeuse,
Cueillant partout des fleurs, même sur les tombeaux,
Evitant du chemin la bordure épineuse,
Et la houle des eaux.

Mais tel qu'un jeune aiglon fier de ses larges ailes,

Chacun abandonna la main de son ami,

Et s'élança tout seul vers des plages nouvelles,

    Par le monde ébloui.

L'orage du présent a dispersé la foule

Qui traversait, chantant, le chemin d'ici-bas,

Plusieurs marchent encor comme un torrent qui roule

    Et ne s'arrête pas;

D'autres, le corps meurtri des coups de la tempête,

Trop faibles pour porter leur fardeau de douleurs,

Sur le lit de la mort ont reposé leur tête

    Humide de nos pleurs.

Et d'autres, moins heureux, boivent la coupe amère,

Toujours la lèvre au bord, sans pouvoir la tarir,

Sans soutien, sans ami, sans bonheur sur la terre,

    Et ne pouvant mourir.

                1.

Pour nous, couple perdu sur l'océan du monde,
Nous tenant par la main, supportons nos douleurs,
Et mêlons tour à tour au flot amer de l'onde
  Notre joie et nos pleurs.

A tant d'amis absens qui sur la terre pleurent,
Crions du fond du cœur, crions : Espoir ! espoir !
Car sur l'aile des jours les pleurs passent et meurent;
  Nous sommes loin du soir.

Souvent un jour d'automne, en manteau de nuage,
De l'aurore au midi vient peser sur l'éther,
L'éclair au feu mouvant vient sillonner l'orage,
  Raser les champs de l'air.

Mais le zéphir se lève et son aile embaumée
Du nuage orageux frappe le flanc obscur,
Et le soleil poursuit sa route accoutumée
  Sous un dôme d'azur.

Ami de nos printemps les fleurs faibles et rares,
Sous la main du chagrin ont perdu leurs couleurs,
Et si les mains de Dieu pour nous furent avares,
    Ce n'est pas de malheurs.

Mais nous avons encore un cœur en nous qui vibre
Comme un cheveu de femme où frémit le zéphyr,
Peut-être encore en nous reste-t-il une fibre
    Que tendra le plaisir.

Vingt printemps sur nos fronts ont égalé leur trace
Au sillon douloureux creusé par les hivers,
Mais peut-être qu'un jour fleuriront sous la glace
    Encor des gazons verts.

Mais, trop loin du bonheur que ma prière implore,
Je savoure un instant quelques gouttes de miel,
Qui tombaient en cristal des yeux bleus de l'Aurore
    Comme un parfum du ciel.

Ce sont des souvenirs, et je te les dédie :

Pensers chers à mon cœur !.. ils sont presque les tiens,

Car nous avons passé, pour traverser la vie,

    Par les mêmes chemins.

Nourris du même lait, dans le même calice,

Comme deux papillons, nous avons tour à tour,

Bu le vin du plaisir, le fiel du sacrifice

    Et le miel de l'amour.

Ah ! plût à Dieu qu'un jour la mort, d'un même glaive,

Nous frappât réunis et sans nous séparer,

Comme deux arbres verts qui meurent dans leur sève

    Et tombent sans pleurer ;

Que le même gazon qu'a foulé notre enfance,

Sous son riche tapis cachât dans nos tombeaux

Les feux du désespoir, les fleurs de l'espérance

    Tout près de nos berceaux.

Passant en d'autres mains la coupe de la vie,

Nous dirions : « Puisez-y, mais soyez plus heureux...

Sur nos tombes jetez une tige fleurie,

    Et pensez à nous deux. »

Et le vieillard nourri du pain de notre table,

Mêlerait notre nom au bruit de ses sanglots,

Et viendrait, seul, courbé sur un bâton d'érable,

    Troubler notre repos.

Qu'il serait doux, ami, de nous coucher ensemble

A l'ombre du clocher où nous mêlions nos voix,

Et d'entendre sur nous l'airain sacré qui tremble

    Au sommet des vieux toits !...

Les soupirs du pays à la triste demeure

Viendraient porter l'encens que brûle l'amitié,

Et de l'éternité le son grave de l'heure

    Faiblirait de moitié.

Ah! reviens donc fouler le sol qui te vit naître,

Le champ où de ton blé tu vois l'épi mûrir,

Ce n'est que dans les lieux où l'on commença d'être

Qu'il est doux de mourir.

Autre part, tu n'auras que des pleurs mercenaires,

Et des cyprès sortis des mains de l'étranger

Etendront seuls sur toi leurs rameaux funéraires,

Et sans te protéger.

Ah! viens, il est encore un endroit où l'on t'aime,

Où de temps plus heureux tu peux voir le retour,

Et nous former, à nous, te filer à toi même,

La trame d'un beau jour.

1841. - Mars.

I.

L'enfance.

Par le destin poussé dans un pays lointain,
Le proscrit quelquefois revient vers sa patrie,
Pour lui redemander son amante chérie,

    Et sa mère, et son ciel serein.

L'hirondelle, toujours au toit qui la vit naître.
Vient conter ses douleurs, gazouiller ses amours,
Et l'homme dans le deuil, après quelques beaux jours,
    De souvenirs vient se repaître...

Le malheur a sur moi répandu tout son fiel ;
Il a ridé mon front et bourrelé mon ame :
Mais, avant de sucer ce poison qui m'enflamme,
    Mes lèvres ont goûté du miel...

Le bonheur m'a bercé ; mais c'est dans mon enfance,
Alors que j'éprouvais les plaisirs sans remords,
Qui s'exhalent toujours comme de saints transports
    D'un cœur qu'habite l'innocence.

Le matin paraissait, alors, riche d'espoir,
Et je me réveillais, souriant à ma mère :
Et puis je murmurais ma naïve prière,
    Et puis je riais au miroir.

Dans les bois verdoyans, sous une ombre mouvante,

J'écoutais du ruisseau le murmure enchanteur,

Et penché sur ses bords je cueillais une fleur,

    Sans craindre l'onde tournoyante.

Ma mère à mes côtés encourageait mes pas :

Et j'étais tout joyeux quand sa douce tendresse

Epanchait sur mon front l'amoureuse caresse,

    Qu'on sent, mais qu'on n'exprime pas.

Quand le soleil dorait la riante campagne,

Enfant, j'allais courir avec d'autres enfans,

Et j'aimais à pousser ces mille cris bruyans

    Que nous renvoyait la montagne.

L'écho nous effrayait en imitant nos voix,

Et nous disions, tremblans : « Est-ce Croquemitaine,

Ou bien quelque démon s'agitant dans sa chaîne,

    Qui nous répond du fond des bois?»

Et puis nous reprenions notre bruyante joie
Quand, porté sur les vents, un léger papillon
Passait, riche d'azur, d'argent, de vermillon,
　　Comme un feu follet qui tournoie ;

Balancé dans les airs, notre réseau soyeux
Allait frapper le vide, et l'insecte superbe,
Tantôt montant au ciel, tantôt caressant l'herbe,
　　Bravait nos efforts envieux.

Mais enfin il est pris !... Quelle belle victoire !
Mille cris enfantins s'élèvent à la fois,
Et l'amant vif, léger, du Narcisse du bois,
　　Devient martyr de notre gloire...

Quand la cloche argentine annonçait l'angelus,
Craignant le spectre errant sur l'aile de la brise,
Nous disions : « Quittons-nous, car la nuit sera grise,
　　Pour demain un plaisir de plus. »

Quand l'hiver, entouré de son triste cortége,

Enchainait de ses fers les lacs et les ruisseaux,

Je labourais du pied la surface des eaux

    Et je folâtrais dans la neige.

Puis le soir, près du feu, j'écoutais en tremblant

Les contes de Perrault que me lisait ma mère,

Sans oser respirer, ni regarder derrière,

    De peur de voir quelque géant.

Mille rêves dorés voltigeaient sur ma couche ;

C'était un habit neuf, des fleurs, une forêt :

Ou ma mère apportant quelque nouveau jouet

    Posait un baiser sur ma bouche,

C'était toujours plaisir, gais et joyeux transports,

Un brin d'herbe, une mouche excitaient mon sourire,

Et le chant des oiseaux, comme un cœur qui soupire,

    Avait pour moi de saints accords.

II.

Le Collége.

Loin de l'asile paternel,
Je courus couler mon jeune âge;
Je ne priai plus à l'autel
Qu'ombre le chêne du village,

2

Et je ne revins plus, le soir,

Sous une paupière chérie,

Essuyer une larme amie

Que je me plaisais tant à voir;

Dans les murs noircis d'un collége,

Loin d'une mère qui protége,

Sous des yeux presque indifférens,

J'allai noyer l'insouciance

A ce ruisseau de l'espérance

Où l'on abreuve les enfans.

Aux fêtes, le travail et l'ennui succédèrent,

Que de jours de bonheur sur ma tête passèrent,

Hélas! sans s'arrêter!... Tout jeune et plein d'ardeur,

Je descendis lutter dans l'arène classique;

Et joûteur ignoré de ce cirque olympique,

Je fus souvent vaincu, mais quelquefois vainqueur.

Vous savez ce que c'est que de vivre en élève,

Travail, et puis travail... Travail, quand il se lève,

Du travail, tout le jour ; le soir, travail encor...

Nous avions, cependant, quelques momens de fête,

Et les jeux, en passant par notre jeune tête,

Rendaient quelques instans dignes de l'âge d'or ;

Tantôt, je me mêlais à la ronde bruyante,

Et je suivais, riant, la foule turbulente

Qui portait sur son front l'image du bonheur ;

Tantôt, j'étais heureux, quand ma jeune pensée,

Telle qu'un papillon, doucement balancée,

Allait se reposer au sein d'un autre cœur ;

Et puis, les joyeuses vacances

Venaient doubler notre gaîté,

Et ces dix longs mois de souffrances

Faisaient place à la liberté ;

Dix fois, je vous ai vus renaître,

Et dix fois, j'ai pu vous connaître,

Doux sentimens, sitôt passés,

Et qui, tels que la feuille sèche,

Qui va s'enfouir sous la bêche

Du fossoyeur des trépassés,

N'avez pas laissé plus de trace

Que la tourterelle qui passe

N'en laisse dans le champ de l'air...

Ah ! si, comme une fleur, encore,

Un soleil vous faisait éclore,

Que mon sort serait moins amer !

III.

Premier Amour.

Entre le jour qui fuit et la nuit qui commence,
Souvent, un jour d'été, l'orage gronde au ciel,
Et porte la terreur au timide mortel ;
Entre un âge plus mûr et la timide enfance,

Un orage moral assaillit notre cœur :

Il languit d'être seul ; il s'anime, il s'enflamme,

Et notre œil étonné va, dans l'œil d'une femme,

Puiser pour notre front une chaste rougeur.

Sans guide et sans soutien, tout seul avec moi-même,

Ignoré dans le monde, à l'âge de seize ans,

J'effeuillais dans le deuil les fleurs de mon printemps ;

Car nul ange en passant ne m'avait dit : « Je t'aime. »

Nul ne m'avait souri de son regard de feu ;

Une femme, pourtant, adorable sylphide,

Au chemin de l'amour vint me servir de guide,

Et, dès lors, j'eus un culte, et son cœur fut mon dieu.

Jeune vierge, tu vins, comme mon bon génie,

Et je ne sais pourquoi les soupirs de ton sein,

Ton regard enivrant qui rencontrait le mien,

Me firent croire alors au bonheur de la vie !

Je te vis, chaque soir, assise à mon chevet,

Comme un dernier écho d'une ardente prière,

Comme un rayon sacré d'une sainte lumière,

Comme un ange du ciel, comme un divin reflet.....

Dans l'univers entier je ne voyais plus qu'elle ;

Quand j'entendais sa voix, je riais... je tremblais...

Elle ne parlait plus, encor je l'entendais...

Je me disais souvent : « O mon Dieu, qu'elle est belle ! »

Sans oser, néanmoins, le lui dire tout bas...

L'amour a ses plaisirs, comme il a son martyre,

Il arrive dans nous, comme un fougueux délire,

Qui réchauffe le cœur, mais ne le brûle pas.

Un soir, nous étions seuls, par légers intervalles,

La lune nous jetait un rayon pâlissant

Qui, caressant les fleurs d'un tilleul jaunissant,

Venait d'un reflet d'or éclairer nos fronts pâles ;

La reine de la nuit est reine de l'amour,

Et, sous son œil discret, l'amant, près de l'amante,

Exhale les doux vœux que son ame brûlante

N'aurait osé former sous la clarté du jour !...

C'était l'heure où le champ est déjà solitaire,

C'était l'heure d'amour et l'heure du mystère ;

Ma main serra sa main, et ce muet serment

Fit palpiter la vierge et rougir son amant....

Quand l'amour est trop fort, il n'a pas de langage;

Nous restâmes muets; mais, ivres de bonheur,

Nous laissâmes nos yeux parler pour notre cœur...

Tout tombe devant toi, femme, même le sage;

Sous ton sceptre de fleurs l'univers est courbé.

Divinité, chacun t'apporte son offrande :

Pour ton autel aussi je tresse une guirlande ;

Car sous ton dard d'amour mon ame a succombé.

Succombé ! non, que dis-je? Elle s'est ennoblie

En secouant sa cendre, elle a volé vers toi ;

Ma colombe, mon tout, je ne suis plus à moi,

Depuis qu'à ton foyer j'ai réchauffé ma vie,

Elle est toute à nous deux... Oui, l'amour a vaincu.

D'un sexe frêle et doux je reconnais les charmes ;

A toi qui me soumis je rends mes faibles armes,

Et je sens sous ta main chanceler ma vertu.

IV.

Le Bonheur.

Reste encore, un instant, sur mon ciel de nuage,
Etoile au doux rayon, auréole d'amour,
Tendre colombe au blanc plumage,
Que mon cœur cherche, craint, trouve et perd tour à tour.

Telle que la liane à l'arbuste attachée,
Abandonne ses fleurs au zéphyr amoureux,
Ta tête sur mon col languissamment penchée,
Ah! laisse sur mon front onduler tes cheveux...

Laisse ma main courir dans leurs tresses d'ébène,
Comme une fraîche fleur qui brille au feu du bal,
Et de ton enivrante haleine
Laisse-moi respirer le parfum virginal.

Puisque le temps s'enfuit sur son aile rapide,
Que nous fuyons aussi, sans espoir de retour,
Savourons, savourons, avant qu'elle soit vide,
La coupe sans absinthe où l'on puise l'amour.

L'arbre, chaque printemps, verdit avec la sève
Et renaît de lui-même, au souffle du zéphir,
Mais, nous, un souffle nous enlève,
Et nous quittons la vie, au moment d'en jouir.

Mais puisqu'elle circule encore dans nos veines,

Comme un vin bienfaisant qui presse la paroi,

Epuisons en un jour les voluptés humaines !

Sois pour moi le bonheur ! que je me perde en toi !

Sous un même baiser exhalons nos deux vies,

Comme deux soupirs nés d'un même sentiment,

      Comme deux saintes harmonies

Que composent deux mains sur le même instrument.

.   .   .   .   ,   .

.   .   .   .

.   .   .   .

.   .   .   .

      .

Mais tes yeux ont fondu sous mon regard de flamme ;

Je l'entends soupirer, j'ai vu ton front rougir...

Encore un tel regard, ô reine de mon ame,

Un doux embrassement... puis ta main... et mourir !..

V.

Le Départ.

Aujourd'hui le soleil, a dans un ciel d'azur,
Commencé dans l'éther sa route accoutumée :
J'ai suivi sur les toits la première fumée
    Qui montait, en nuage obscur.

Le vent n'agitait pas les bosquets d'aubépine

Qui pendent au rocher , en vastes flocons blancs ;

L'alouette de mai , ce poète des champs ,

    A seule devancé mes pas sur la colline.

Mon ange m'avait dit : « Avec l'aube je pars ;

Aux premières lueurs , viens dans le bois de hêtre

Dont les bras verdoyans ombragent ma fenêtre ,

    Et nous confondrons nos regards. »

Au lieu du rendez-vous , j'ai devancé l'aurore ;

J'ai baisé le gazon que ma reine a foulé ,

Les arbres sous lesquels ses larmes ont coulé ,

    Et qu'à cause d'elle , t'adore.

J'ai du ruisseau limpide interrogé le cours ,

Pour lui redemander un des accents que j'aime ;

J'ai cherché sur ses bords , comme un bonheur suprême ,

    Un vestige de nos amours.

J'entendais un soupir dans chaque herbe naissante,

Echo mélodieux d'ineffables bonheurs,

Comme un souffle inégal qui s'échappe des cœurs,

    Quand on presse une main d'amante.

A sa fenêtre aimée attachant mes deux yeux,

Il m'a semblé la voir à travers la persienne,

Sur son visage pâle en longs anneaux d'ébène,

    Mener l'onde de ses cheveux.

Mais par ses deux bras blancs la persienne ébranlée,

S'ouvre sous un effort par mon cœur attendu ;

J'aperçois... je crois voir... ô mon Dieu qu'ai-je vu ?

    Elle... elle tout échevelée...

Son regard a du bois sondé l'obscurité,

Et son azur voilé du cristal d'une larme,

Comme un feu qui s'éteint sous le pouvoir d'un charme,

    A rayonné de volupté.

Sans larmes, sans soupirs, prosterné contre terre,

Voulant encor la voir, n'osant la regarder,

A genoux et mourant, du front, pour l'adorer,

    J'ai touché trois fois la poussière.

O transports de l'amour ! ô saint recueillement !

Combien de temps dura votre sublime extase,

Douce, comme un parfum de la brise qui rase

    Les flots d'azur du firmament ?

Dieu seul a le secret de cet instant suave

Où l'ame se détache, en calice de fleur,

Où l'amour comprimé retombe dans le cœur,

    Comme un vaste torrent de lave.

La lyre ne peint pas tout ce qu'a de divin

Le tourbillon ardent d'un langoureux martyre :

Pour dire ses transports, son délirant sourire,

    La corde se rompt sous la main.

Mais un bruit de chevaux et de voix argentines

Disant et redisant des noms et des adieux,

Des gramens émaillés ont détaché mes yeux

    Comme un lys qu'on prend aux racines.

De mon front par la terre et les larmes noirci,

Du revers de ma main j'ai fait tomber le sable,

Et plongeant mon regard sous le rideau d'érable,

    J'ai vu mon rêve évanoui.

Elle était près du bois, langoureuse et pensive :

Son voile sur son front retombait à demi,

Ses cheveux caressaient son front blanc et poli

    Comme un flot qui baise la rive.

Elle plongeait sur moi son œil de séraphin,

Comme pour deviner l'élan de ma pensée;

Sur son onagre blanc comme un cygne, penchée,

    Elle me parlait de la main.

Long-temps je la suivis du regard et du geste,

Et sentis dans mon cœur se figer tout mon sang,

Lorsque du dernier pli de son long voile blanc

Je perdis l'écume modeste.

Adieu, mon ange, adieu!... L'écho m'a répondu,

Et long-temps a redit à l'écho monotone

Ce dernier cri du cœur, qui dans le cœur résonne

Et qu'elle a peut-être entendu.

A ce cri douloureux, un douloureux silence

A, de son aile noire, enveloppé le bois,

Comme si cet accent, échappé de ma voix,

Eut brisé jusqu'à l'espérance.

Appuyant sur mon front le creux de mes deux mains,

Comme dans le désert une pauvre insensée

Qui tâche d'éloigner une triste pensée

Qui la poursuit de son venin,

J'ai voulu secouer, comme un songe pénible,
Cet amas de pensers, d'amour, de souvenirs,
De délices, d'espoir, de craintes, de désirs,
    Mon persécuteur invisible.

Mais, ainsi qu'un essaim par l'enfant tourmenté,
Traverse la paroi qui cache sa cellule,
Et perce de son dard l'agresseur qui recule,
    De son ouvrage épouvanté ;

Le mal a semblé croître avec mon agonie :
J'ai, dans chaque arbre vert agité par les vents,
Entendu soupirer mille mots désolans :
    Partie, hélas ! elle est partie !

Partie ! et je n'ai pu m'attacher à ses pas !..
Un autre pourra voir et respirer ses charmes !..
Elle aura des plaisirs, des douleurs, des alarmes
    Que je ne partagerai pas !..

Partie !.. et je suis seul, et l'ame de ma vie,

Celle que je voudrais enivrer de bonheur,

S'éloigne, et chaque pas est un pas de douleur,

Un siècle dans mon agonie.

Sa voix résonne encor dans mon cœur abattu,

Comme un songe effacé dont on voit les images,

Comme un livre chéri dont on relit les pages :

O Dieu, quand me la rendras-tu?

VI.

L'Absence.

I.

Amour, plaisir, bonheur, sommeil voluptueux,
Sourire qui venais te jouer sur mes lèvres,
    Et qui depuis long-temps me sèvres
    De ton baume échappé des cieux,

Pourquoi me fuir ainsi? L'ennui, la solitude

Eloignent-ils de nous vos ailes de saphyr,

Qui venaient sur mon front, harmonieux zéphir,

Eloigner le remords, calmer l'inquiétude?

Pourquoi, loin des sentiers que foulent les mortels,

Mon front est-il brûlant sous le plus frais ombrage?

Pourquoi mon œil en pleurs ne cherche plus l'image

Qu'il voyait dans les bois, dans les airs, aux autels?

Pourquoi donc l'Angelus aux légères volées,

N'a plus dans mon esprit de suaves accords?

Pourquoi ne vois-je plus qu'éclairs pâles et morts,

Dans les sphères de flamme au ciel amoncelées?

C'est que l'ange qui donnait l'ame

Aux êtres qui n'en avaient pas,

N'embellit plus de ses appas,

N'enivre plus, de ce dictame

Qui de ses pores s'échappait,

L'air, flot d'azur qui m'environne,

Et le vent du soir qui frissonne

Dans les rameaux de la forêt.

Je n'entends plus à la prière

Sa voix douce comme les flots,

Murmurer de mystiques mots,

Tendres comme des noms de mère.

Je n'entends plus sur le gazon

Sa robe glisser et bruire;

De son mystérieux sourire

L'irrésistible attraction,

Ne vient plus effacer la trace

Qui sur mon front, comme un venin,

Reste de vingt ans de chagrin,

Renaît sous le doigt qui l'efface.

Bulbul au temps de ses amours,

Dans son gosier traîne en cascades

Les harmonieuses roulades,

Ame des nuits, charme des jours.

Les heures, que l'homme mesure,

Pour lui ne sont que des instans

Qu'il ne compte que par des chants,

Qui, comme une onde toujours pure,

Coulent en sons mélodieux,

Et courent du gazon à l'arbre,

De la poussière jusqu'au marbre,

De la terre jusques aux cieux.

A la branche verte il répète

Et ses douleurs et ses plaisirs ;

Chacun de ses tendres soupirs

Est un murmure de poète :

Sur la fraîche mousse du nid

Il vient endormir sous son aile

Ses petits éclos qu'il recèle,

Et qui chanteront comme lui.

Mais, si l'aile de sa compagne,

Se raidit sous la main du sort,

L'harmonie en son cœur s'endort

Et sa voix manque à la campagne.

La douleur semble s'endormir

. Quand on serre une main de femme,

Mais loin d'elle le ciel de l'ame

Semble se plier et pâlir.

La femme, étoile protectrice,

Vient éclairer notre ciel noir,

Comme une lueur qui se glisse

Dans les couleurs sombres du soir ;

Lorsque sa timide clarté

Manque à nos yeux veufs de lumière,

Nous retombons sur la poussière,

Comme un enfant deshérité.

Femmes, célestes sœurs que Jéhovah nous donne,

Pour doubler nos plaisirs, endormir nos douleurs,

Pourquoi ne puis-je plus obtenir de vos cœurs

D'un amour partagé la précieuse aumône ?

Suis-je donc paria, par le monde maudit,

Laissé comme un lépreux dont on fuit la crecelle,

Comme un oiseau perdu, qu'aucun autre n'appelle

Sous le moëlleux duvet du nid ?

II.

Dans le fond du désert chaque jour je m'égare,

Voulant me fuir moi-même, et toujours me trouvant,

Ainsi qu'un fantôme bizarre

Qui ravit, de sa main avare,

Le sommeil bienheureux du chevet de l'enfant.

Je parcours la forêt où je suivais sa trace,

Quand son pied de gazelle en glissant me fuyait,

Et quand, d'arbre en arbre, avec grace,

Comme un sylphe léger qui passe,

Elle guidait mes pas sous le berceau discret.

Le soir, je viens rêver au bord de la cascade,

Qui forme en écumant un limpide ruisseau,

Qui du pont réfléchit l'arcade,

Et redit au vent qui s'évade

Un nom cent fois plus doux que le soupir des eaux.

L'eau se roule et jaillit en gerbes de lumière,

Tombe sur le rocher pour remonter aux cieux,

Retombe, et remonte en poussière,

Puis touche de nouveau la terre,

Et s'attache au gazon, en cristal lumineux.

La brise, en s'envolant, berce de son haleine

Ces perles d'un instant que colore un rayon

Qui, de la voûte aërienne,

Vient, comme un front de souveraine,

Parer de ses trésors la tige du gazon.

C'est là que nous venions du poète de Laure,

Lire les chants d'amour : poétiques douleurs,

Que Vaucluse redit encore

A l'écho muet, qui déplore

Ces vers italiens qui mouraient sous les fleurs !

Hélas ! si je pouvais, comme l'heureux Pétrarque,

Idole de mon cœur, éterniser ton nom,

Le ciseau cruel de la Parque

Pourrait de notre frêle barque

Couper, quand il voudrait, le paisible aviron.

Assise, comme Laure, à l'ombre du génie,

Tu vivrais de ma gloire, et moi de mon bonheur :

Je me perdrais en harmonie,

Et l'on ne verrait de ma vie

Qu'un chant mélodieux inspiré par ton cœur !

Mais de ton nom divin, comme un nom de madone,

Je ne veux pas trahir le secret révéré.

A l'ange, sa sainte couronne ;

Au ciron, les feuilles d'automne ;

A moi, les pleurs muets ; à toi, ton nom sacré.

Pardon, si j'ai tracé sur l'écorce du chêne,

Ce nom que je bénis, en symboles de feu :

   Il y grandit sous mon haleine ;

Mais, nul ne le connait, hors le zéphir et Dieu.

Je me trompe pourtant ; lorsque ma main tremblante

Livrait avec mystère à l'arbre harmonieux

   Ton nom cent fois chéri d'amante,

Deux témoins indiscrets me regardaient des cieux.

C'étaient deux rossignols à la voix douce et tendre,

Qui, cachés sous la branche en attendant le soir,

   Dans les feuilles faisaient entendre

Un ramage éclatant de bonheur et d'espoir.

Et le bec dans le bec, et l'aile près de l'aile,

Chacun sur son ami doucement s'appuyait,

    Et sur chaque branche nouvelle

Ils se disaient cent fois je ne sais quel secret.

Puis ils se poursuivaient dans les champs de l'espace,

Et venaient voltiger jusques près de ton nom,

    Comme pour en baiser la trace;

Et puis, s'entrelaçaient au milieu du gazon.

    « Hôtes amoureux du feuillage,

    Criai-je au couple qui partait,

    Si dans votre pélerinage

    Vous voyez parfois sur la plage

    L'objet de mon culte secret;

    Si vous allez, sur sa demeure,

    Vous livrer à vos doux ébats,

    Ah! dites-lui, qu'ici je pleure,

    Et que mon ennui compte l'heure

    Qui passe et ne me la rend pas...

Ah ! dites-lui que, goutte à goutte,

Ma vie coule en ruisseau de fiel,

Laissant le bonheur sur la route ;

Que mon cœur encore l'écoute ;

Que, sans relâche et sans sommeil,

Il attend le moment propice

Qui doit lui rendre le bonheur,

Et qui, sur mon front qui se plisse,

Fera retomber le calice

Et les pétales d'une fleur.

Que votre sort est préférable

Oiseaux, chantres mélodieux !

La terre entière est votre table,

Votre lit, la branche d'érable,

Et votre domaine, les cieux.

Nul de votre fougue amoureuse

Ne vient étouffer le plaisir,

Et, dans la tombe qu'on nous creuse,

Aucune bêche officieuse

Ne vient pour vous ensevelir.

Tous vos jours sont des jours de fête ;

Vous ne connaissez, ni l'oubli ,

Ni le souffle de la tempête

Qui vient effacer de la tête

Un court bonheur évanoui.

Votre morale est : jouissance ;

Vous ne redoutez pas la mort,

Et, quand l'instant fatal s'avance,

Sous votre hymne de délivrance ,

Votre œil perd sa flamme et s'endort.

Près d'une compagne fidèle

Il voit un dernier battement,

Soulevant lentement votre aile,

De vos jours, comme une étincelle,

Eteindre le flambeau mourant. »

VII.

Déception.

Insensé !.. je croyais au rêve de l'amour ;
Et je ne savais pas que le cœur d'une femme,
Foyer où tout désir, où tout vœu prend sa flamme,
Pût enivrer d'espoir et trahir tour à tour !

Faut-il que le poison soit dans les mains d'un ange?

Pourquoi, Dieu, jettes-tu des fleurs sur le serpent?

Et pourquoi permets-tu que l'aiglon, en volant,

Se laisse fasciner et tombe dans la fange?

Quels sont donc les sermens de la sincérité?

Son cœur de son amour m'avait donné le gage,

La plus noble candeur régnait sur son visage:

Tout en elle était-il mensonge et cruauté?

Qu'on ne me parle pas d'une femme sincère;

Il n'en existe plus qu'aux pages des romans.

Vous croyez être aimés!.. trop crédules amans!

On n'aime qu'un seul jour dans cette triste sphère;

Car la femme a bien loin exilé la pudeur,

Et cet être si pur, divinité souillée,

Comme une croix d'argent par les ondes rouillée,

N'a plus qu'un souvenir de sa vieille candeur.

En d'autres temps, l'honneur voltigeait à sa suite,

Mais, aujourd'hui, déchue, indigne de nos vœux,

Ce n'est plus qu'un tapis ou qu'un divan soyeux

Qu'on foule sous les pieds, et qu'on rejette ensuite

Quand on s'en est servi.... Sacriléges accens,

Prononcés par un cœur que le chagrin torture,

Pourquoi ternissez-vous la femme, idole pure,

Qui mérita toujours votre meilleur encens?

Quoi, l'arbre en s'élevant maudit-il sa racine?

Les injures qu'on lance à ce sexe si doux

Sont des taches de sang qui retombent sur nous;

Car l'homme devient vil d'une vile origine.

Dans mon premier amour, si je fus malheureux,

De mon malheur en moi je dois chercher la cause:

J'étais trop jeune encor pour cueillir cette rose,

Et je la flétrissais de mon œil envieux.

Son nom fait mon tourment, mais il fit mes délices;

J'aime son souvenir, comme les matelots

Aiment le bruit des vents et des chants sur les flots.

Je trouve mon bonheur même dans ses caprices.

Si le ciel t'eût permis de recevoir ma foi,

Ma vie au plus doux feu se serait consumée;

Mon ange, à t'obéir mon ame accoutumée,

Aurait coulé ses jours à l'ombre de ta loi;

Nous soutenant tous deux dans ce pélerinage.

Nous n'aurions eu qu'un cœur, qu'un espoir et qu'un but,

Et l'amour à l'amour apportant son tribut,

Du bonheur aurait fait notre unique apanage

Mais, tel qu'un voyageur perdu dans les déserts,

Abandonné de tous, je maudis cette vie,

Et ton doux souvenir, ô femme trop chérie,

M'accompagne tout seul dans ce vaste univers;

Et quand je toucherai le bout de ma carrière,

Espérant, comme un saint qui jette un corps mortel,

J'irai t'attendre encor aux pieds de l'Éternel:

Ton nom chéri sera ma dernière prière.

VIII.

La Tourterelle des Tombeaux,

Ou le Souvenir des Morts.

Qui n'a laissé son cœur errer au cimetière,

Et qui n'a pàs foulé d'un pas religieux

L'endroit où sont couchés un père, un fils, un frère,

Descendus au tombeau pour s'envoler aux cieux?

3

Qui n'a pas répandu quelques fleurs sur la tombe
D'une sœur qu'il perdit à la fleur de ses ans,
Qui sur l'autel du sort, innocente hécatombe,
S'éleva vers le ciel comme un pudique encens?

Là, le fils éploré redemande sa mère,
L'ami vient à l'ami dire encore un adieu,
Et la veuve à genoux murmurant sa prière,
Vient répandre son cœur sous le regard de Dieu.

Le riche est là, couché sous un beau mausolée,
Mais autour de ce marbre, au milieu de ses fleurs,
Sa famille jamais plaintive et désolée,
Ne vient faire éclater ses sanglots et ses pleurs.

Ci gît... Une épitaphe, inscription pompeuse,
Voilà tout ce qui reste à l'homme dédaigneux,
Qui promenant ici sa richesse orgueilleuse,
Eblouissait la terre et se jouait des cieux;

De ses amis nombreux la cohorte dorée,

L'a quitté sans verser une larme de deuil :

Car l'amitié des grands est de courte durée,

Et ne peut supporter le regard du cercueil.

Sur le tombeau du pauvre est une croix brunie.

Qui surpasse d'un peu le timide gazon,

Mais où l'on voit souvent par la douleur flétrie,

Sa famille mêler des pleurs avec son nom.

Tous les cœurs ne sont pas ou de bronze ou de pierre;

Pour moi, j'aime à penser à ceux qui ne sont plus,

Et j'aime à m'égarer au fond du cimetière,

Quand la cloche a sonné l'heure de l'angelus.

Là, reposent en paix bien des ames chéries,

Elles viennent causer et rire autour de moi,

Elles sèment de fleurs mes tristes rêveries,

Et me serrent la main, sans me causer d'effroi.

Oh! ne l'éloigne pas, chère ombre que j'adore,
Assieds-toi près de moi, reste jusqu'au matin,
Et qu'il me soit permis de contempler encore
Celle que me ravit un envieux destin.

A peine je sortais des portes de l'enfance,
Je m'appuyai sur toi, trop fragile roseau!
Mais la mort a brisé ma plus chère espérance,
Et mon appui rompu gît au fond du tombeau.

O vous qui m'attendez dans le séjour des ombres,
Amis, que j'ai perdus pour revoir au grand jour,
Venez-vous quelquefois, de vos demeures sombres,
Jeter sur cette terre un long regard d'amour?

Sur la tombe où mon front déjà pâli se penche,
Venez-vous recevoir mes éternels regrets?
Votre cœur, répondant à mon cœur qui s'épanche,
Vient-il aussi gémir sous ces tristes cyprès?

Ah ! venez, chaque nuit, rire autour de ma couche,
Respirer mon haleine et compter mes soupirs,
Et, déposant parfois un baiser sur ma bouche,
N'évitez pas mon bras qui cherche à vous saisir.

Que j'entende vos voix vibrer à mon oreille ;
Que je sente vos mains s'appuyer sur mon cœur,
Comptez à mon esprit qui languit et sommeille
Les chastes voluptés que donne le Seigneur ;

Portez-moi quelquefois jusqu'au séjour des anges,
Suspendu par vos bras dans la plaine des airs ;
Laissez-moi comme vous célébrer les louanges
De celui qui reçoit vos célestes concerts.......

Mais quel est cet oiseau qui, dans les lieux funèbres,
Fait entendre son chant plaintif et douloureux ?
Son vol a devancé la fuite des ténèbres
Sous le disque argenté de la reine des cieux.

Il bat le marbre blanc d'une aile blanchissante,
Et pousse dans la nuit un long gémissement...
Tourterelle, à la voix si tendre et si touchante,
Pourquoi gémir ainsi sur ce froid monument?

Le malheur mettrait-il ton cœur à la torture,
Et tes pareils ont-ils une ame pour pleurer?
Ah! pardon, si ma voix, hélas! te fait injure.
Sur le tombeau d'Emma ton cœur vient murmurer.

Naguère sur sa main tu folàtrais contente,
Voltigeant sur son front comme un léger zéphir,
Mais ton œil vit un jour cette fleur ravissante
Courber son front flétri, se faner et mourir;

Et depuis, les tombeaux ont pour toi bien des charmes,
Tu te plais à rêver dans ces lieux, sans témoins;
Viens gémir sur mon sein, je verse aussi des larmes:
Pleurons, pleurons ensemble, et nous souffrirons moins.

IX.

La Rose.

—

Suite du Souvenir des Morts.

La rose soulève sa tête,
Afin de laisser le soleil
Réchauffer, avant la tempête,

Sa belle feuille qui s'apprête
A chercher l'éternel sommeil.

C'est le mystérieux langage
De la candeur et des amours,
Anacréon, miné par l'âge,
Retrouvait en elle l'image
De la chûte de ses vieux jours.

Couronnant époux et victimes,
Les roses dans les anciens temps,
Des vertus, élans magnanimes,
Des pensers tristes et sublimes,
Etaient les emblêmes touchans.

La rose est la fleur de la tombe :
Elle est près du marbre pieux,
Comme une brillante hécatombe,

Et chaque pétale qui tombe
Porte une larme à nos ayeux.

O toi, que, d'une main tremblante
Je mis dans le champ du repos,
Vois-tu parfois son ombre errante,
Puiser sur ta feuille odorante
Le baume sacré des tombeaux ?

Vois-tu son spectre au doux sourire,
S'asseoir sous des berceaux de fleurs,
Et comme une amante en délire,
Venir aspirer mon martyre
Avec la trace de mes pleurs?

Ange qu'a rejeté la terre,
Parfum d'amour et de beauté,
Comme tes feuilles, éphémère,

Un soir, sous un baiser de mère,
Elle trouva l'éternité...

Déjà d'une pudique flamme,
Elle devinait les douceurs,
Mais l'amour, en brûlant son ame,
Ne laissa dans son cœur de femme
Que son martyre et ses douleurs.

Telle que la fleur messagère
Des richesses d'un vert printemps,
Elle avait embaumé la terre;
Hélas! sa beauté passagère
N'eut que de rapides instans!

Telle qu'un brillant météore
Que devance un sillon de feu,
L'amour annonça son aurore,

Des pleurs d'amour disent encore
Qu'elle dort sous l'aile de Dieu.

La Teste, le 8 juin 1840.

Z.

Le Parterre.

Suite du Souvenir des Morts.

Salut, ô bien-aimé de Flore,

Pavillon aux riches couleurs ;

Tableau que le soleil colore,

Que le printemps couvre de fleurs !

Sur ton beau manteau de verdure,

Brillent la pourpre et le saphyr ;

Près de toi l'abeille murmure,

En jouant avec le zéphyr.

Le lys rit à la violette,

La rose croît près du jasmin,

La jonquille, fière et coquette,

Exhale son parfum divin.

Et le papillon, fleur volante,

Vient, amoureux de ton trésor,

Sur ta parure qui l'enchante

Agiter ses quatre ailes d'or.

. . . .

Mais quel bruit frappe mon oreille,

Le bruit des pas, le son des voix,

Doux comme un murmure d'abeille

Sous le feuillage vert des bois ?

Serait-ce Flore avec Zéphire,

Qui s'avance d'un pas léger,

Ou quelque sylphe au doux sourire

Qui sur les fleurs vient voltiger ?

. . . .

. . . .

C'est un groupe de jeunes filles,

Folâtres comme des quadrilles,

Vierges de pleurs et de regrets :

La mère qui les idolâtre,

Reçoit les lys et les bleuets,

Qui sous leur frêle main d'albâtre

Forment de bien tendres bouquets.

Les roses, sous leurs doigts fanées,

Ne verront pas le lendemain,

Mais elles, d'amour couronnées,

Semblent se jouer du destin.

Elles foulent insouciantes,

Le gazon qui naît sous leurs pas,

Marchent, superbes et riantes,

Fières de leurs jeunes appas....

Naguère Alina, belle et pure,

Effaçait la rose et le lys ;

Elle aimait les fleurs, la parure,

Les jeux bruyans, le bal, les ris.

La pauvre enfant, dans le parterre,

Venait aussi rire et courir,

Et sur la tombe solitaire,

Seul maintenant je viens gémir.

Ah ! sa belle ame émerveillée,

S'est endormie en l'Éternel :

La jeune enfant s'est éveillée

Aux accords des harpes du ciel !

Elle semblait, riante et belle,

Dormir au bruit des chants de mort,

Comme la blanche tourterelle

Que le souffle du vent endort.

Une couronne virginale

Brillait sur son front radieux,

Et tombait en reflet d'opale

Des longs anneaux de ses cheveux.

. . . . , .

Hélas! sous des gramens funèbres,

La jeune fille a disparu,

Elle est seule dans les ténèbres,

Toute seule avec sa vertu !

Roses, vous, comme elle aussi belles,

Sur sa tombe suivez mon cœur,

Soyez les compagnes mortelles

De mon immortelle douleur.

Sarlat, le 7 février 1839.

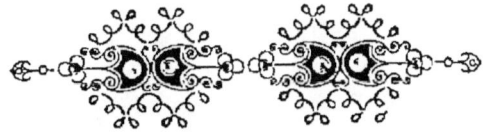

XI.

L'Épi.

—

Suite du Souvenir des Morts.

Blond épi, que le vent balance
Au dessus des tiges de fleurs,
Et qui t'agites en silence,

Comme des pensers d'espérance
Sur le foyer brûlant des cœurs ;

Que dit l'abeille qui murmure
En volant sur ta tige d'or,
Qui du manteau de la nature
Semble couronner la parure
D'un fleuron, passager trésor ?

Que dit l'éther qui t'environne,
De son triple manteau d'azur,
De feu créateur qui rayonne,
Et de couleurs pâles d'automne,
Dont tu prends l'éclat le plus pur ?

Que dit l'haleine du zéphyre ?
Que dit le gosier de l'oiseau ?
Que dit la corde de la lyre ?

Que dit le pâtre qui soupire
Près de l'église du hameau ?

Dans un de ces instans que j'aime,
Courbé sous le fier aquilon,
Dans l'orage, ton saint baptême,
Ah ! dis-moi, que dis-tu toi-même
Au tapis changeant du gazon ?

Vous dites : « Du Dieu de la terre
» Nous reconnaissons tous l'amour,
» Astre des ans, de la lumière,
» Les vifs rayons sont la poussière
» Que son pied foule chaque jour.

» Brillante sphère, suspendue
» Au dôme éblouissant du ciel,
» Pour Dieu, dans le sein de la nue,

» Tu brûles ton huile inconnue,

» Comme une lampe de vermeil.

» Etoiles, flambeaux taciturnes,

» Qui brillez dans l'obscurité

» Comme des voyageurs nocturnes,

» Qui, penchés sur vos grandes urnes,

» Portez au temps l'éternité;

» Comme nous tous, cendre et poussière,

» Vous nâquites avec le temps,

» De votre course passagère,

» Jéhovah borna la carrière

» Par l'abyme profond des ans.

» Tout dans la mort se précipite,

» Comme les fleuves dans la mer.

» Le serpent que l'enfant irrite,

» Et l'homme dont l'ame s'agite,

» Puisent dans son calice amer. »

Puisque tout ici-bas s'efface,

Comme un beau rêve qui s'enfuit,

Puisque tout cède ici sa place,

Et vole, sans laisser de trace,

Au sein de l'éternelle nuit;

Au seul immortel, au seul être

Qui de lui-même s'enfanta,

Et qu'aucun autre ne vit naître,

Que tout cœur brûle de connaître,

Qu'on nomme Christ, Dieu, Jéhovah;

A celui qui garde la plante

Du froid rigoureux des hivers,

Et qui, de son onde abondante

Rafraîchit la tige mourante,
Flétrie au sein des gazons verts ;

Au créateur de toute chose,
Epi, tout monte du désir :
L'homme et le soleil ont leur dose,
Des jours comptés dont Dieu dispose,
Et tous deux la verront tarir.

Chaque fois que là voix de l'heure
Compte les bornes du chemin,
Il faut qu'une fleur tombe et meure,
Il faut qu'un cœur gémisse et pleure,
Qu'un convive manque au festin !

Comme le grain mûri qui tombe,
Meurt, en fécondant le sillon,
Chaque homme, du bord de sa tombe,

Voit renaître, quand il succombe,
Pour d'autres sa fraîche saison.

Puisque chaque fruit, chaque plante,
Se féconde, avant de périr ;
Puisque chaque mère mourante
Laisse un rejeton qu'elle enfante,
Héritier d'un dernier soupir ;

Epi, la mort n'est pas cruelle,
Elle a même de doux appas,
Car elle est la mystique échelle,
Qui joint une tige nouvelle
A celle qui ne fleurit pas.

Le gazon, qui met tout un monde
Entre les morts et les vivans,
Sauve notre argile de l'onde,

Mais l'ame, en s'échappant, inonde
La terre d'atômes pensans.

De la cendre qu'elle abandonne,
Elle se ressouvient encor,
Et quand le vent du soir résonne,
Sur les feuilles sèches d'automne,
Elle prend vers nous son essor.

C'est elle que j'entends bruire,
Quand l'étoile étend ses rayons;
Ce sont les morts, c'est leur sourire,
C'est leur douce voix qui soupire,
Et qui s'échappe en mille sons.

Sans lien, comme sans obstacle,
Ils vont où va leur souvenir;
La terre n'est qu'un tabernacle,

Où chaque mort comme un oracle,
Vole sur l'aile du zéphyr.

Ils reviennent vers la chaumière
Où s'éteignent leur pauvreté;
Dans le palais où leur carrière
De tous les trésors de la terre
Roulait les flots de volupté.

Et pour eux comme pour l'archange,
La pierre n'a pas d'épaisseur,
Car, veuve de ses fers de fange,
Leur ame est forte comme l'ange;
Epi, n'est-elle pas leur sœur?

Comme l'Homme-Dieu du calvaire,
Venez-vous manger avec nous,
Morts chéris, dans le sanctuaire,

Vous mêlez-vous à la prière
Que nos cœurs prononcent pour vous?

Si de votre corps diaphane
Dieu ne dérobait pas l'essor,
Comme un feu qui du ciel émane,
Courberiez-vous notre œil profane,
Comme l'œil de Jean au Thabor ?

Ames, de votre douce vue
Dussé-je mourir mille fois,
Visitez du haut de la nue
La pierre de moi seul connue;
Ah! descendez... Mais je vous vois!

C'est bien vous;... c'est bien ce sourire
Qui portait la vie à mon cœur !..
Votre bouche souffle et respire ;

Votre sein près de moi soupire :

Ames , serait-ce de douleur?

Mais votre langue est sans parole,

Votre front rayonne de feu ;

Dites, votre blanche auréole

Est-elle le sacré symbole

De l'immortel amour de Dieu?

Ah ! dites-moi... Mais c'est un songe ,

Un songe trop tôt effacé ;

Mon regard dans la nuit se plonge ,

Et je ne trouve que mensonge

Au lieu du doigt qui m'a touché.

Oh! n'était-ce donc pas leur ame?

Frêle épi , dis-moi, les vois-tu?

Si tu reçois leur saint dictame,

Si tu t'enivres de leur flamme,

Epi doré, que leur dis-tu?

1er août 1840.

XII.

La chapelle d'Arcachon.

Souvenir des Landes de Gascogne.

I.

Heureux qui peut gravir la dune solitaire,

En livrant ses pensers à la houle des flots,

Et suivre du regard une barque légère,

Qui s'éloigne en cadence au chant des matelots...

Qu'il est doux de guider, quand la brise soupire,

Un esquif que la vague entoure avec amour,

Lorsque le mât reçoit le matinal sourire

    De l'aube naissante du jour.

Là, le regard s'arrête où s'arrête l'espace,

L'ame soutient son vol, rase l'immensité,

Retrouve dans les flots sa primitive audace,

Et respire grandeur, amour et liberté...

Conduite chaque jour par une main puissante,

La mer brise deux fois sur le sable mouvant,

Cette vague sans frein terrible et blanchissante,

    Qui vient se rompre en mugissant.

Arraché par degré des vains bruits de la terre,

L'homme s'oublie et sent son cœur monter vers Die

Et cet ange d'espoir, la timide prière,

L'élève jusqu'au ciel sur ses ailes de feu.

II.

Non loin du bord des flots, au milieu de la grève,

    S'élève un monument pieux,

Où l'ame triste, que soulève

Un sentiment religieux,

En elle-même recueillie,

Aux parvis de l'autel de la reine des flots,

Fait monter ses accens jusqu'au pied de Marie,

Protectrice des matelots.

Ce monument sacré de la reconnaissance,

Asile de la piété,

Est l'emblême de l'espérance

Sur le seuil de l'éternité.

Cent mille pins debout, vieux géans séculaires,

Entourent la chapelle au moresque clocher,

Comme pour protéger sous leurs bras funéraires

La froide tombe du nocher...

L'aquilon agitant leurs branches murmurantes,

Donne la parole au désert ;

Tantôt il vient mugir en vagues tournoyantes,

Et tantôt il expire en funèbres concerts.

La branche, dont les ans ont desséché la tige,

    Lasse de vivre sans printemps,

Tombe, et de son bruit sourd nul être ne s'afflige :

C'est un débris de plus joint au débris des ans.

Une modeste croix qui penche sur la pierre,

    Que cache à demi le gazon,

    Demande à l'homme une prière

    Pour une tombe sans nom.

    La mer, par le vent courroucée,

    A rendu sa proie à ses bords,

Et la religion, divine fiancée,

    Lui donne l'asile des morts.

Ici de deux enfans les tombes réunies,

    S'élèvent à l'ombre du pin,

Auprès duquel deux croix brunies

Font incliner le pélerin ;

Inclinons-nous, car ces deux anges,

Fleurs que la mer flétrit et courba toutes deux,

Disent en se pressant dans les saintes phalanges :

« Paix à la terre et gloire aux cieux. »

Ah ! ne regrettez pas les jeux de votre enfance,

Votre mère et son chant d'amour,

Et notre séjour de souffrance,

Et votre passage d'un jour,

Car au fond de la coupe où nous puisons la vie,

Chacun boit à son tour et l'absinthe et le miel ;

Si tous ne peuvent pas boire jusqu'à la lie,

C'est qu'au fond du calice il reste trop de fiel.

III.

Mais entrons un moment dans ce temple rustique,
A mes pas incertains le silence répond ,
    Et l'écho de la basilique
Les prolonge long-temps comme un soupir profond.

Les murs sont recouverts de modestes peintures ,
D'*ex voto* par le temps et le lieu consacrés ,
    Images sublimes et pures
De la religion des pauvres naufragés !

Et la mère de Dieu couverte de guirlandes ,
Sur son autel paré par ces hommes pieux ,
    Semble sourire à leurs offrandes ,
Et porter leur encens jusqu'au trône des cieux.

La vierge dont l'amant est balancé par l'onde,
Prononçant sa prière en ce lieu solennel,

    Loin des yeux des heureux du monde,
Verse des pleurs secrets dans le sein de l'autel.

Et la veuve à genoux aux pieds de la madone,
Pend à son cou sacré des gerbes de cheveux,

    Et librement se découronne,
Comme un ange tombé qui regrette les cieux.

Et moi je vins aussi sous ces voûtes antiques,
Respirer un air pur loin du séjour humain;
Je mêlais ma prière aux sublimes cantiques,
Echos mourans et vrais du cantique sans fin.

Je mêlais mes accens aux prières divines
Des vierges, à l'œil noir, aux longs soupirs de feu:
Il semblait que, mêlée à leurs voix argentines,
La mienne était plus pure à l'oreille de Dieu.

Mes soupirs épurés par des soupirs de femme,

Comme l'holocauste d'Abel,

Cherchaient avec lenteur, en tourbillon de flamme,

Le chemin éternel.

Elève vers l'autel ton visage de rose,

Comme quand je te vis aux portes du saint lieu,

O reine de mon cœur, timide fleur éclose

Sous la main puissante de Dieu.

Quand tu venais pleurer, je pleurais de tes larmes :

Souvent à tes côtés, comme un fantôme, assis,

J'aspirais tes soupirs, tes pensers, tes alarmes,

Tes regrets, tes douleurs, tes plaintes, tes ennuis.

Et lorsque ton cou blanc sur ton épaule blanche,

Comme un arc gracieux, tombait avec langueur,

Comme un oiseau qui part et fait courber la branche,

Mon ame volait dans ton cœur.

Je disais au Seigneur : « Epargne cette tête ,

Calice de candeur , d'espérance et de foi ;

Pour elle , que les cieux n'aient qu'un hymne de fête ,

Et malédiction et colère pour moi. »

Et lorsque , sur ton front ou plus pâle ou plus sombre ,

Battait l'aile du doux zéphyr ,

C'était mon ame en pleurs qui poursuivait ton ombre ;

C'était moi qui venais gémir.

Quand près de ton chevet , sur ta paupière close ,

Voltige un songe gracieux ,

Qu'un jeune fiancé de sa bouche dépose

Un baiser brûlant sur tes yeux ;

C'est moi dont le regard vient embellir ton rêve ,

Moi dont la voix vient t'endormir ,

Moi qui sur ton chevet lentement le soulève ,

Qui dans tes cheveux viens frémir...

Oh ! viens, à ton lever, prier dans la chapelle ;

Que ta prière soit pour moi !

Car l'airain du clocher, dont le doux son t'appelle ;

C'est mon souffle, c'est moi.

XIII.

Au Revoir,

Ou les adieux de fin d'année à mes Amis de Collége.

Aujourd'hui le travail, amis, fuit loin de nous ;
Que ce jour à vos cœurs est agréable et doux !
Vous allez vous suspendre au cou de votre père...
Vous allez tressaillir sous des baisers de mère,

Et le front des vainqueurs sera ceint d'un laurier !..

Quoique moins glorieux que celui du guerrier,

S'il a moins de valeur, il a bien plus de charmes,

Car il n'a fait couler ni le sang ni les larmes.

Ce laurier... c'est le prix de vos travaux constans,

C'est le premier honneur que l'on donne aux enfans ;

C'est le vœu d'une sœur, c'est le souhait d'un frère,

C'est le vœu d'un ami, c'est l'orgueil d'une mère ;

Pour elle quel plaisir, quand de son fils vainqueur

Le nom retentira jusqu'au fond de son cœur !

Et vous, chers professeurs, amis de notre enfance,

Qui dirigez, constans, nos pas vers la science ;

Vous, qui nous prodiguez votre soin paternel,

Vous serez gais aussi dans ce jour solennel ;

En couronnant le front de vos meilleurs élèves,

Vous réaliserez le plus beau de vos rêves,

Vous cueillirez le fruit de vos soins assidus,

Car vos travaux en eux ne seront pas perdus.

Tous seront gais alors ; oui, tous, excepté moi...

Mon ame dans le deuil, comme au jour d'un convoi,

Redoutera l'instant où, quittant cette enceinte,

Vous presserez main d'une amicale étreinte;

Dix mois le même toit ici nous abrita,

Et le plaisir dix mois avec nous habita :

Avec vous, le travail me semblait moins pénible,

Avec vous, au chagrin j'étais moins accessible!...

Mais vous êtes heureux!.. c'est assez pour mon cœur.

Amis, goûtez sans moi ce sublime bonheur...

Nous allons nous quitter, mais la douce espérance,

De celui qu'on chérit fait supporter l'absence;

De vous revoir bientôt j'aime à garder l'espoir :

Adieu donc, mes amis, à deux mois, au revoir!...

Sarlat, le 15 août 1838.

XIV.

Ma dernière Conférence. [1]

Claudite jam rivos, pueri, sat prata biberunt.
(VIRGILE).

Amis , dix fois , sur cette chaire ,

Qui retentit de vos accens ,

[1] Au collége de Sarlat, comme dans plusieurs établissemens de province, on avait établi, sous le nom de *conférences*, des jeux littéraires qui avaient lieu le premier jeudi de chaque mois : chaque élève avait le droit de monter en chaire, pour lire, en présence de ses condisciples et de ses professeurs, une pièce de sa composition, et les meilleures soumises à un jury d'examen , étaient imprimées sur un recueil.

De votre plume si légère ,

J'admirai les travaux naissans ;

Et par votre jeune pensée,

Mon âme toujours délassée,

Tâcha de suivre votre essor.

Mais comme la feuille séchée ,

Par l'aquilon qui souffle encor ,

Effleure à peine le rivage ;

Ainsi , mon esprit , trop volage ,

Venait effleurer mon cerveau :

Mais au lieu d'y jaillir en flamme ,

Il retombait froid sur mon ame ,

Comme un homme dans le tombeau.

Pareil à l'amant qui soupire ,

Je dormais dans l'oisiveté;

Mais vous m'avez dit : « Prends ta lyre ; »

Moi je vous crus, et j'ai chanté.

Dans mon essor , hélas ! trop faible ,

J'accompagnai votre vol d'aigle ,

Qui vous porte vers l'avenir ;

Et ma muse, plus courageuse,

A suivi la vôtre, joyeuse,

Comme un papillon le zéphyr.

Encouragés par l'indulgence

Des conducteurs de notre enfance,

Amis, nous travaillâmes tous.

Puisse leur souvenir aimable,

En caractère ineffaçable,

Se graver toujours devant nous !

Ils nous ont pris à notre aurore ;

Nous avons grandi sous leurs mains,

Comme sous l'astre qui colore,

Grandit le lys en nos jardins.

En fécondant notre mémoire,

Ils ont les premiers, pour la gloire,

Fait palpiter nos jeunes cœurs.

Ils ont sur nos plumes débiles,

Comme des professeurs habiles,

Su faire éclore quelques fleurs.

O vous qui, dans ces conférences,
Avez à l'amour des sciences
Rendu sensibles des enfans ;
Daignez accepter notre hommage,
Daignez écouter le langage
De vos amis reconnaissans.

Long-temps de vos jeunes élèves,
Vous dirigerez les succès ;
Et moi, trompé dans mes beaux rêves,
Je vous donnerai des regrets.
Hélas ! dans quelques jours peut-être,
Lorsque je serai mon seul maître,
Je regretterai les instans,
Où mon ame, vide de peine,
N'avait pas ressenti l'haleine
De l'aquilon et des autans !
Le monde est un dédale immense
D'amour, de plaisir, de vengeance,

De grands succès et de dégoûts,

Où, souvent, près du précipice,

Sous le sceptre pesant du vice,

La vertu gémit à genoux.

N'importe, je veux dans ce monde

Faire voler mon frêle esquif,

Et je veux chanter sur son onde,

En passant tout près d'un récif.

Nous sommes tous nés pour les hommes ;

Amis, tous, autant que nous sommes,

Enfans de la société,

Nous devons travailler pour elle,

Et tous rechercher sous son aile

Un fleuron d'immortalité.

Qui sait si votre destinée,

D'une carrière fortunée

Ne vous ouvre pas les sentiers ?

Qui sait si, dans vos jeunes têtes,

Ne dort pas l'esprit des poètes,
Où le courage des guerriers?

Travaillons sans perdre courage,
Il ne faut pas désespérer;
Lorsqu'on est sur le seuil de l'âge,
Il faut savoir s'aventurer.
De cent difficultés naissantes,
Bravons les forces menaçantes,
Car notre sort dépend de nous.
Tout dépend ici de l'audace;
Et si quelqu'autre vous surpasse,
C'est qu'il est plus hardi que vous.
Travaillons sans craindre la peine,
La gloire, noble souveraine,
Viendra couronner nos travaux;
Et si le monde nous rejette,
Au sein d'une heureuse retraite
Nous irons oublier nos maux.

Mais le travail fatigue et pèse ;

Il nous faut un peu de loisir ,

Et jouir deux mois à notre aise

Des vacances et du plaisir.

Profitez-en près de vos mères ;

Et quand sous ses drapeaux austères ,

Le travail vous rappellera ,

Dans cette enceinte , je l'espère ,

Sous les regards du même père ,

Ensemble il vous ramènera.

Oui , dans ce lieu qui nous rassemble ,

Amis , revenez tous ensemble ,

Moi seul je n'y reviendrai pas ;

Et dans ce monde que j'ignore ,

Et que vous poursuivez encore ,

J'aurai porté mes premiers pas.

Sarlat, 1839.

Mélanges.

I.

L'Avenir.

A l'enfant qui gémit sur le seuil de ce monde ,
La nourrice murmure : « Espoir en l'avenir. »
A celui que les ans balottent sur leur onde ,
A celui qui se sent à son dernier soupir ,
On dit encore : « Espoir ! » L'avenir sous un voile
Se dérobe aux regards des malheureux mortels ;
Nul homme ne connaît où mène son étoile ,

Car nul n'a pu sonder les décrets éternels.

Le philosophe, en vain, fier de ses connaissances,

A dit, en blasphémant : « Je saurai mes destins. »

Insensé ! croyez-vous l'empire des sciences

Assez grand pour suffire aux désirs des humains?

En vain vous y cherchez des échos prophétiques,

Vous ne résoudrez pas les problèmes du sort,

Car celui vers lequel s'élèvent nos cantiques,

Connaît seul notre vie et seul sait notre mort.

Ce Dieu qui nous créa par sa toute-puissance,

Borna notre savoir par le doute et l'erreur ;

Sa bonté nous couvrit d'un voile d'ignorance,

Auquel il attacha notre futur bonheur.

Ah ! si, pour un instant, chaque homme pouvait lire

Dans l'obscur avenir, rongé de désespoir,

Il voudrait abréger son orgueilleux martyre,

Et finirait sa course avant d'attendre au soir.

L'avenir est tissu de roses et d'épines ;

Caprices, ris, amour, dédains, félicité,

Malheurs et noirs dégoûts, presque toujours ruines,
Tel est notre avenir, et puis... l'éternité !

Si quelqu'un, vous berçant d'une folle espérance,
Vous disait : « Jeunes gens que l'avenir est beau ! »
Oh ! ne les croyez pas : car la seule souffrance
Remplit le court trajet de la vie au tombeau.
Gilbert, riche d'espoir, déserte sa chaumière,
Fait reculer d'un pas le progrès de l'erreur ;
Mais il n'est pas compris du siècle de Voltaire,
Et meurt à l'hôpital, rongé par la douleur.
Tu crus en l'avenir, malheureux Malfilatre,
Et ton jeune talent avait pris son essor,
Mais la Fortune, hélas ! te traitait en marâtre,
Tu mourus de misère, et tu chantais encor...
Chénier, tu poursuivais un fantôme de gloire,
L'avenir te disait : « Sois poète, il le faut ;
J'ornerai de ton nom les pages de l'histoire. »
Et l'avenir pour toi, Chénier, fut... l'échafaud !

Ah ! que l'on voit encor de pires destinées !

Ceux que dans leur berceau l'on nommait : Majesté !

Errans dans l'univers, têtes découronnées,

N'ont plus qu'un souvenir de ce qu'ils ont été !...

Tant que notre esprit dort, de sa couche d'argile

Il ne peut espérer que souffrance et malheur ;

Mais , quand il quittera l'enveloppe fragile ,

Il s'envolera pur au séjour du bonheur :

Eternité chérie , avenir sans nuage ,

Toi seule peux donner et bonheur et plaisir.

N'importe si je suis balotté par l'orage !

Je marcherai toujours fier de ton avenir...

II.

A l'oiseau mourant de froid.

Pauvre oiseau que le froid torture,
Que sont devenus tes doux chants?
Triste du deuil de la nature,
Tu regrettes les fleurs des champs ;
Qu'est donc devenu ton ramage,
Qui porte un baume, qui soulage.

Au cœur accablé de ses maux ?

Pourquoi ta champêtre harmonie

Ne donne-t-elle plus la vie

A l'arbre aux verdoyans rameaux ?

Hélas ! l'hiver a de sa glace

Flétri nos riantes forêts,

Et le souffle du nord qui passe

Ne laisse vert que les cyprès ;

La terre triste et blanchissante,

Telle qu'une mère expirante,

Ne peut plus nourrir ses enfans ;

En vain tu cherches ta pâture :

Sous l'haleine de la froidure

Je vois fuir tes jours languissans.

Le froid hérisse ton plumage,

Ah ! me dis-tu, dans ton langage :

« Ayez pitié des malheureux? »

Pourquoi ton aile vagabonde,

Dans le ciel noir où la mer gronde,

T'emporte-t-elle loin de moi?

Oiseau, je ne veux point te nuire,

Car, comme toi, j'ai mon martyre :

Un mal me blesse comme toi.

Viens!... il fuit comme le trait rapide,

Qui part et frappe loin du but ;

Son désespoir est son seul guide,

Il fuit la porte du salut.

Pars, insensé !.. Mais je te pleure :

Car j'entends déjà sonner l'heure

Sur le noir cadran du trépas :

Les mauvais jours vont disparaître,

Le printemps chéri va renaître.

Mais toi, tu ne reviendras pas!

Copeyre, janvier 1840.

4.

III.

La Vie.

Comme un feu scintillant dont la flamme changeante,
A chaque coup de vent prend un aspect nouveau,
A chaque heure qui vient, l'homme rit, se tourmente,
Demande de longs jours, implore le tombeau !

Sur un trône splendide où son regard se plonge,
L'un porte en soupirant ses désirs orgueilleux,
Voit passer tour à tour près de lui dans un songe,
Char, palais, courtisans, valets obséquieux.

« Ah ! dit-il, si j'avais cela pour apanage,

Le souci ne viendrait pas me marquer au front, ·

Et le grand qui me fait courber sur son passage,

Verrait de mon dédain sur lui jaillir l'affront.

Je ferais frissonner mon coursier de bataille

Dans les flots encombrés de casques et de sang,

Je dormirais, tranquille, au champ des funérailles,

Respirant la victoire et la gloire du camp !

Attachée à mon char, la lyre du poète

Pendrait l'or de son socle au sang de mes lauriers ;

Sous mon sceptre vainqueur, je verrais la défaite

Bénir en me voyant les coups de mes guerriers !

Tout un peuple à genoux, dans ses chants d'allégresse,

Mêlant mon nom royal au grand nom de ses saints,

Adorerait le Dieu qui met dans sa sagesse

Le diadème au front, le sceptre d'or aux mains. »

Il dit, et loin du toit où l'abrita son père,

Il cherche un autre culte et parcourt d'autres lieux :

Le timbre du trépas sonne l'heure dernière;

Il meurt en regrettant sa patrie et ses dieux.

Dans la route sublime, où de l'intelligence

On voit les favoris, vers la postérité,

Comme un ange du ciel qui dans l'éther s'avance,

Projeter en marchant un rayon de clarté,

Un autre veut aussi rayonner la lumière,

S'asseoir pour un moment sur l'immortel trépied,

Tracer un long sillon au sein de la poussière,

Et laisser en passant l'empreinte de son pied.

Pour la gloire qui dort en son cœur qui soupire,

Il envoie à la terre un chant mélodieux,

Mais il voit se briser les cordes de sa lyre,

Et l'hymne commencé s'achève dans les cieux.

Et le monde étonné s'arrète, encore écoute
Le barde dont la voix le surprit un moment,
Et dont la vie, au lieu de couler goutte à goutte,
A murmuré, passé, comme l'eau du torrent.

Comme le nautonnier qui, sauvé du naufrage,
Entend au sein des flots la voix de son ami,
Le monde lui criait : « Chante, chante, courage ! »
Et le chantre, à sa voix, hélas ! s'est endormi.

Un autre, pour monter les degrés de l'échelle,
Qui conduit par l'intrigue au faîte des honneurs,
Baise, pour s'élever, une main criminelle,
La main lui manque, il tombe en riant aux grandeurs !

C'est ainsi que la vie, onde capricieuse
Qui sur chaque rocher oublie un de ses flots,
Entraîne, en mugissant, sur sa côte orageuse
Et l'éclat des honneurs et l'oubli du repos.

Tout sombre, tout se perd sur sa vague écumante,

Et l'esquif du pêcheur et le vaisseau des rois,

L'amant qui presse encor la main de son amante,

Les palais, les hameaux, les autels et les lois.

Les mortels, ici-bas, passent comme une foule

Qui traverse, en chantant, un précipice ouvert;

L'on entend, d'heure en heure, un corps pesant qui roule,

Et le bruit d'une voix qui manque au grand concert :

Et la danse toujours tourne autour de l'abyme,

Le rond se rétrécit, la voix manque et s'endort,

Et, comme un dernier son des harpes de Solyme,

Le dernier bruit des pas s'entend, résonne encor.

Les générations en foule se succèdent,

Comme des flots pressés qui vont à l'Océan,

Et comme des amis qui l'un l'autre s'appellent,

Le siècle du passé parle au siècle présent.

Le siècle du passé lègue au présent sa gloire,
Ses arts, ses monumens, ses erreurs, ses leçons.
Le présent les épelle au livre de l'histoire,
Fantôme du passé, trace des nations.

Comme un nuage épais de ces miliers d'atômes,
Qui font briller leur aile au dernier feu du jour;
Ainsi vient, chaque soir, le tourbillon des hommes
Rouler autour de Dieu, vaste foyer d'amour.

Le sage à ce foyer se réchauffe et s'épure,
De l'immense incendie absorbe un doux rayon;
L'insensé, recouvert de son épaisse armure,
Le renvoie, en riant, aux portes de Sion.

Ah! pardonne, mon Dieu, si notre indifférence
A long-temps méconnu ton soleil de bonté;
Pardon, si notre orgueil n'ose de l'espérance
Porter le long regard jusqu'à l'éternité.

Ah ! c'est que de nos jours la goutte est si petite,

Qu'au creux de notre main, en la voyant tarir,

Nous prenons le calice et nous y puisons vite,

Et nous en disputons la liqueur au zéphyr.

Nous buvons le bonheur par chacun de nos pores,

Sur des feuilles de fleur nous puisons le nectar,

Et nous prêtons l'oreille à tous les bruits sonores

Que nous porte le vent, rassemblés au hasard.

Nous sentons notre cœur battre près de ces êtres,

Que tu nous a donnés pour couronner de fleurs

Le chemin dans lequel ta bonté nous fit naître,

De pauvreté couverts ou riches de grandeurs.

Nous arrêtons nos yeux sur chaque oiseau qui passe ;

Nous écoutons ta voix dans chaque bruit nouveau ;

Nous t'entendons gronder dans les champs de l'espace,

Murmurer en courbant ta tige de roseau.

Ah ! mêler notre voix aux voix de la nature,

Te chercher dans les flots, dans l'étoile te voir,

T'aimer dans le grand tout, dans chaque créature,

T'envoyer nos soupirs sur la brise du soir ;

Nous courber devant toi comme l'épi qui tombe,

A chaque arbre qui naît bégayer ton grand nom,

Creuser, sans murmurer, le lit de notre tombe,

Jéhovah, n'est-ce pas une adoration ?

IV.

Dernier moment de Victor Jacquemont, jeune
botaniste français, mort à Bombay, en 1832,
à l'âge de 22 ans.

« Que j'aime à parcourir cette rive lointaine ,
» Où coule, en tournoyant, un fleuve impétueux ,
» Où tombe, des rochers dans une vaste plaine ,
» Un torrent que je suis dans son cours sinueux !

Le jeune homme était mort.... La pompe funéraire,
En longs voiles de deuil, plaça dans le tombeau
L'infortuné Victor... Une plage étrangère
Eut sa tombe, et la France avait eu son berceau !

Mais le roi de Bombay, pour honorer sa cendre,
D'un rang de ses soldats entoura son cercueil,
Ordonna les adieux... Un bruit se fit entendre;
Le bronze avait tonné pour annoncer son deuil...

O talent, ô vertus, tels sont vos avantages,
Que, quittant pour toujours un corps frêle et mortel,
Vous trouvez en tout lieu, même chez les sauvages,
Une larme, un regret, quelquefois un autel !

Qu'il est heureux, Victor, et qu'il ferait envie
Le sort qui te valut de si touchans honneurs,
Si tes cendres dormaient au sein de la patrie !
Ce fut ton seul regret, si tu versas des pleurs.

Sarlat, le 5 juin 1848.

V.

Ce que j'aime. A Anna.

Fantaisie.

I.

Ah! que j'aime à rêver sous les yeux de l'aurore,
Quand elle vient sourire à l'astre roi du jour,
Qui dore de ses feux les richesses de Flore,
Quand l'oiseau pousse au ciel un doux fredon d'amour!

Alors la nuit au jour cède son vaste empire ;

La nature sourit, heureuse du réveil ;

Les arbres et les fleurs et tout ce qui respire,

Tressaillent, ranimés par l'ardeur du soleil.

J'aime à mêler ma voix aux concerts de la terre ;

J'aime à voir le tilleul balancer ses rameaux

Qui viennent ombrager la roche solitaire,

Sur laquelle gémit le zéphyr des ruisseaux.

J'aime du rossignol le langoureux ramage,

Les cris du laboureur et la voix du berger,

Le sourd mugissement d'une bête sauvage,

Et le chant de départ du joyeux nautonier.

Son docile aviron frappe l'onde plaintive,

Et ses réts, lentement, se perdent dans les flots ;

Moi, comme un délaissé, je reste sur la rive.

Ah ! pourquoi n'ai-je pas le sort des matelots ?

Le plaisir, quelquefois, viendrait bercer mon ame,

Le feu du désespoir ne la brûlerait plus ;

Et quelquefois, peut-être, un long regard de femme

Rendrait un court bonheur à mes sens abattus.

Lorsque mon frêle esquif quitterait le rivage,

Des enfans, de leurs vœux me suivant sur les eaux,

Me diraient : « Pense à nous dans ton lointain voyage,

Et nous prierons pour toi le Dieu des matelots. »

Quand le flambeau des nuits, se balançant sur l'onde,

Viendrait blanchir des bords de mon léger canot,

Mes pensers, surnageant sur la vague du monde,

Erreraient dans les airs et monteraient plus haut.

La prière, cet ange à l'œil plein d'espérance,

S'échappant de mon cœur, m'élèverait au ciel;

Et le bonheur, connu de la seule innocence,

Approcherait de moi son calice de miel.

II.

J'aime d'un beau coursier l'allure noble et fière,

Ses jarrets musculeux, le feu de ses nâseaux,

Quand il fait sous son pied tournoyer la poussière,

Ou voler l'écume des eaux.

Il frémit au bruit sourd du clairon des batailles,

Aime le cliquetis du sabre étincelant,

Les glaives émoussés, le champ des funérailles,

Et les airs saturés et de poudre et de sang.

En vain, de mille morts les dards sanglans l'entourent,

En vain, les combattans roulent sur le gazon,

En vain, devant ses pas les murailles s'écroulent,

Son courage grandit sous l'affût du canon.

Volant comme le trait vers l'ennemi qu'il brave,

Il ne reconnaît plus, ni la voix, ni le frein :

Indomptable guerrier, plutôt maître qu'esclave,

De la gloire à son chef il montre le chemin.

Courage, noble ami ! vole dans les alarmes,

Compagnon du soldat, partage ses lauriers ;

Viens broyer sous ton pied l'acier mortel des armes,

Le sang ne tache pas la palme des guerriers.

De ton œil menaçant lance l'éclair sauvage,

Jette au loin devant toi l'écume de ton mord,

Vole comme le vent qui porte le nuage,

Dévore le chemin sur l'aile de la Mort...

Sous les efforts puissans tout cède, tout recule :

Les soldats effrayés renversent les soldats ;

Le sang fume dans l'air, comme un foyer qui brûle

L'holocauste immolé sur l'autel des combats.

Assez!.. Affaisse-toi sur ta croupe nerveuse :

Le combat est fini ; de ta noble sueur

Etanche dans les eaux l'humidité poudreuse ;

Couve jusqu'à demain le feu de ta valeur.

Entends-tu retentir mille cris de victoire?

Noble coursier, hennis, c'est la fin d'un beau jour :

L'arène du combat n'est plus qu'un champ de gloire,

Et déjà des lauriers en ombragent le tour.....

J'aime encor le coursier dans le gras pâturage.

Voyez-le... Comme il court sur le gazon fleuri !

Voyez... Il a posé le frein de l'esclavage,

Et vient, pourtant, baiser la main qui l'a nourri.

Comme il est piaffant!.. Son maître le caresse,

Lui le flaire, et puis part, fuit d'un bond gracieux.

Des muscles de son corps essayant la souplesse,

Il se dresse un instant, et regarde les cieux;

Puis, comme terrassé par l'éclat de la voûte,

Où dans des flots d'azur nagent des rayons d'or,

Abaisse de nouveau son œil fier sur la route,

Court auprès du ruisseau, s'arrête sur le bord;

Mais, honteux d'avoir craint de franchir la distance,

Hérissant sa crinière, il recule d'un pas.

D'un effort généreux, dans l'éther il s'élance,

Tombe sur l'autre bord et ne s'affaisse pas;

Le sable vient blanchir sa crinière ondoyante,

Le vent y vient jouer, et sa rapidité

Suit à peine de loin, dans l'arène fumante,

Le coursier pétulant par sa fougue emporté.

O généreux coursier, j'aime ta tête altière,

A l'ombre du repos, se levant noblement;

J'aime à te voir franchir d'un seul bond la barrière,

D'ardeur ou de rage écumant.

III.

J'aime de l'angelus les légères volées,

Qui sur le vent du soir s'envolant dans les bois,

Caressent le gazon des étroits mausolées,

Où, pour pleurer, je viens me courber bien des fois.

A chaque son nouveau qui vibre,

Sur le monde silencieux,

En mon cœur j'entends une fibre

Rendre un accord mystérieux.

Charmant transport!

Douce harmonie!

Où notre ame vit dans la mort,

Et semble morte dans la vie,

Où son souffle sacré s'endort.

Aux célestes pensers de l'ange,

Nous marions nos doux soupirs,

Et nous ne gardons de la fange

Que de l'amour et des désirs.

L'homme, dans ce moment, s'arrête, comme un cygne
Qui, voulant s'envoler, appelle son ami,
Et ne le trouvant pas, il pleure et se résigne,
Et, retirant son aile, il la plie à demi.

IV.

J'aime la voix de la prière,
Le chant du lévite à l'autel,
Qui semble ne toucher la terre
Que pour la rapprocher du ciel.
Dans l'accord sublime des psaumes,
J'écoute du prophète-roi
Les hymnes, que chantent les hommes,
Que porte l'aile de la foi.
Avec eux au ciel je m'élance,
Je suis les tourbillons de feu
Qui, des soupirs de l'espérance,
Portent le parfum jusqu'à Dieu.

De la lampe d'or qui vacille,

Sans éclairer l'obscurité,

J'aime le doux rayon qui brille,

Dirigé vers l'éternité.

Que fais-tu, lampe symbolique,

A l'ombre du sacré parvis,

Quand, seule sous la basilique,

Ta flamme se livre au roulis

Du vent sacré du sanctuaire,

Qui vient, agitant ton repos,

Baiser le bord de ta lumière,

Ondoyante comme les eaux ?

Par des mains saintes suspendue,

Eternelle adoration,

Qui, dans une langue inconnue,

Honores le Dieu de Sion ;

Sœur de chaque ame qui soupire,

Vacilles-tu de nos douleurs ?

Consacres-tu notre martyre

Dans tes incertaines lueurs ?

On dit que le Seigneur lui-même
Vient recevoir tes vœux muets,
Et que de tous les dons qu'il sème,
Tu connais les divins secrets.

Ah! j'aime à rêver sous ton ombre,
Quand l'aile sinistre du soir
Colore d'une teinte sombre
La nef où l'on puise l'espoir !

Alors, aucune voix mortelle
Ne fait retentir le saint lieu !
On n'entend que le bruit de l'aile
De l'ange qui remonte à Dieu !

Lampe, j'adore le mystère
Qui fit qu'ici l'on te plaça ;
Emblême saint de la prière,
Porte mon cœur à Jéhovah !

V.

Anna, j'aime à vous voir, pensive et langoureuse,
Sous votre main d'albâtre agiter l'éventail,

Froisser avec amour votre écharpe soyeuse,

Plisser en souriant vos lèvres de corail ;

Pencher votre beau front comme la sensitive,

Qui mirant dans les flots ses brillantes couleurs,

Semble dire au zéphyr qui mugit sur la rive :

   Suis-je moins belle que mes sœurs?

Au feu du lustre d'or, dans le bal qui s'agite

Sur le parquet poli, j'aime le frottement

De votre pied léger, quand votre cœur palpite,

Quand votre front reluit des feux du diamant,

De vos graces brillant, le folâtre quadrille,

Fait naître dans les cœurs l'amour et le plaisir ;

Le plaisir enivrant qui, sur chaque front brille,

   Qui, renaît dans chaque soupir.

J'aime sur votre sein ce tissu diaphane,

Qui, sans les dévoiler, dénonce les contours

De ces globes brûlans où la rose se fane,

Où volent nos désirs sur l'aile des amours.

J'aime l'albâtre pur de vos deux bras de femme,

Liane de l'amour enlacée à mon corps,

Comme pour retenir dans le fond de mon ame

    L'heureux élan de mes transports.

Ce que j'aime partout, dans l'air ce que j'aspire;

Ce qui reçoit mes vœux, mes pensers, mon amour,

Mes sourires, mes pleurs, mon délirant martyre,

Mes rêves de la nuit et mes désirs du jour?

Ange, si tu venais déposer de toi-même

Un baiser sur mon front, assise auprès de moi,

Je te dirais tout bas : « C'est ce baiser que j'aime,

    Anna, c'est ce baiser, c'est toi! »

V.

La Fleur des Champs.

A Mme la comtesse de B... qui me demandait des vers faits par moi.

I.

Quoi ! vous voulez prêter une oreille attentive

A des chants qui sont nés d'une longue douleur ;

Vous voulez écouter cette lyre plaintive,

    Dont les sons ont flétri mon cœur.

Mes vers ne peuvent pas embellir cette fête :
Jamais ils n'ont connu ni plaisir ni gaîté ;
Ils sont noirs comme un ciel qui porte la tempête,
Tristes comme une fleur que brûle un jour d'été...

J'appris, bien jeune encor, à rêver sur la tombe,
Et mes pleurs bien souvent sur ma plume ont coulé :
Semblable aux sombres jours d'un vieillard qui succombe,
    Tout mon printemps s'est écoulé.

Devant vous je devrais me livrer au silence,
Et couver dans mon sein des vers si mal conçus,
Si je ne savais pas que la noble indulgence
Est dans votre ame d'ange une de vos vertus.

Pour vous je vais tâcher de trouver dans mon âme,
Une fibre qui n'ait pas vibré de douleur ;
Je dédirai mes vers à la sœur de la femme ·
    Je vais vous chanter une fleur.

II.

Riche ornement de nos campagnes,

Fleur, fille des légers zéphyrs,

Livre, livre au vent des montagnes,

Tes pétales qui vont s'ouvrir.

Aux doux parfums de la nature,

Qui se promènent sur les vents,

Et qui, sur l'air frais des torrens,

Portent l'odeur de la verdure,

Mêle ton champêtre nectar !

Les airs muets pour nos oreilles,

Te prodiguent, quand tu sommeilles,

Les sons que forme le hasard.

La bergère qui te contemple,

Se reconnait dans ta fraîcheur,

Et s'enivrant de ton odeur,

De son sein elle fait un temple

Où, parmi des soupirs d'amour,

Tu meurs, doucement balancée

Par une amoureuse pensée,

Suave et triste tour-à-tour.

Ah ! que te dit son cœur de femme,

Quand sur ses lèvres de corail

Tu sembles, dans un doux travail,

Aspirer les feux de son ame ?

Oh ! que te dit son sein gonflé,

Quand, tel qu'une vague folâtre,

Il s'agite sous cet albâtre,

Où nulle bouche n'a soufflé ?

Que de suaves harmonies

Viennent expirer près de toi,

Comme le poétique effroi

De nos tendres mélancolies !

Quand sur ta tige tu croissais,

L'oiseau seul pouvait te comprendre,

Et son langage vif et tendre,

Pour toi n'avait pas de secrets ;

Car une seule intelligence

Préside à la création,

Et tout se mêle à l'unisson

A l'hymne de reconnaissance.

Le papillon comprend la fleur,

Et la plante parle à la plante ;

Le roc muet, l'oiseau qui chante,

Forment ensemble un même chœur.

Tu viens de tomber de ta tige,

Et ta voix manque à ce concert,

Et le papillon du désert,

En te pleurant, encor voltige !..

Mais sur le sein de la beauté,

Le ciel avait marqué ta place ;

Et c'était au cou d'une Grace

Que ton arrêt était porté...

Ah ! qu'une telle mort est douce !

Si je croyais ainsi mourir,

Je voudrais à l'instant voir venir

Le dernier jour que je repousse ;

Je verrais sans nulle douleur,

Sécher ma jeunesse et ma vie,

Dans l'inexprimable harmonie

D'une ame d'ange avec mon cœur !...

Le 3 juillet , 1840.

VII.

L'Homme des Villes.

Chars, palais, ornemens, luxe trompeur des villes,
Disparaissez, mes yeux ne vous recherchent pas ;
En vain vous déguisez les horreurs du trépas ,
Vous êtes des mortels les pompeuses guenilles :

Le ver vous rongera, comme il ronge nos corps,

Et le temps, vous touchant de son sceptre terrible,

Mêlera votre cendre à la cendre des morts.

Orgueilleux des cités, c'est un penser pénible,

Que celui qui nous fait souvenir du néant!

Et lorsque vous riez dans votre folle joie,

Ne savez-vous donc pas que, dans un seul instant,

Dieu pourrait en tombeaux changer vos lits de soie!

Dans ces salons brillans, semés de lustres d'or,

Où vos femmes, vos sœurs, s'enivrent d'harmonie,

Et dansent quand l'airain sonne le deuil encor :

Ah! ne pensez-vous pas que des ames sans vie,

Qui vous serraient la main quand, fières comme vous,

Elles avaient de l'or, de la beauté, des charmes,

Et qui, s'évaporant comme un chant triste et doux,

Demandent à vos cœurs un souvenir, des larmes.

Ne te souvient-il plus d'Adhémard, cet ami

Qui croissait près de toi depuis sa tendre enfance,

Et qui vient de tomber sous un fer ennemi,

Qu'il bravait avec joie en prenant ta défense.

Ne te souvient-il plus d'un frère, d'une sœur,

D'un père, d'un enfant, d'une pudique amante,

Qui tous t'avaient voué les pensers de leur cœur,

Et ta main de leur souffle est encore brûlante?

Ne vois-tu pas leurs yeux fixés sur tes plaisirs,

Comme un remords vengeur dans un cœur adultère?

Ne les entends-tu pas pousser de longs soupirs,

Qui dominent l'orchestre et la danse légère?

Ne sens-tu pas leurs bras s'appuyer sur les tiens?

N'entends-tu pas leurs voix qui te disent : « Arrête,

Car nous allons bientôt t'endormir sur nos seins;

Le sépulcre des morts deviendra ta retraite,

La justice t'attend au tribunal de Dieu? »

Et près de toi, la mort à l'infernal sourire,

En posant sur ta lèvre une serpe de feu,

T'entraîne au noir cahos du ténébreux empire,

Où commence pour toi l'éternel avenir;

Tu tombes dans l'abyme où ma raison perdue,

Ne pouvant plus marcher, s'arrête pour bénir ;

Et comme on foulerait une tombe inconnue,

Tes amis font passer leurs rapides coursiers,

Près du marbre funèbre où ta cendre repose,

Et le front couronné de myrte et de lauriers,

Ils ne jettent pas même à la tombe une rose...

Mais pourquoi de mes chants frapper en vain les airs ;

Ton oreille n'entend que le bruit de tes fêtes,

Et tu n'as d'autres chants que tes impurs concerts.

Insensé ! Tu t'endors au souffle des tempêtes ;

Tu t'étourdis, afin de pouvoir mieux jouir.

L'éternel n'est pour toi qu'un jouet inutile,

Qui doit tomber, brisé, sous la main du plaisir ;

A son joug de douceur, ta raison indocile,

Erre sur cet abyme où dort la vérité :

Et ta voix orgueilleuse, en s'écriant : « Que sais-je ? »

S'éteint, en blasphémant, dans cette éternité,

Où s'arrête à jamais la marche sacrilége...

VIII.

L'Homme des Champs.

Ah ! laissez-moi rêver au vallon solitaire ,

Laissez-moi parcourir les sentiers ignorés ,

Où mes pas, se perdant dans les taillis fourrés ,

M'amènent sur le seuil de la pauvre chaumière !

C'est là que la vertu qu'ont foulé les mortels,

Vint chercher pour toujours un pur et chaste asile;

Loin du luxe des cours, de l'orgueil de la ville,

Sous le chaume du pauvre elle a de saints autels.

Ah! laisse-moi m'asseoir au feu de ta famille,

Homme, sans passions, comme le lys des champs,

Laisse-moi caresser le front de tes enfans,

Laisse-moi voir tourner le rouet de ta fille;

Torturé trop long-temps du feu des passions,

Aimant sans être aimé, délaissé de mes frères,

De l'exil des vivans j'ai connu les misères :

Je reviens, à vingt ans, de mes illusions.

Gloire, honneur, majesté, vertu, grandeur, puissance,

M'ont souri tour-à-tour dans mes rêves d'espoir,

Et tout a disparu comme l'hymne du soir,

Que murmure au Très-Haut ma faible intelligence.

Le monde est une tombe où s'endort le bonheur,

C'est ici qu'il revit dans votre solitude,

Hommes, qui jouissez, vierges d'inquiétude,

Des dons que chaque jour prodigue le Seigneur.

La fureur des partis jamais dans vos retraites,

N'essaya le tranchant d'un dard empoisonné ;

Vous ne mesurez pas, de votre œil étonné,

Ces abîmes sans fond où roulent les tempêtes.

Abandonnant aux flots votre espoir de bonheur,

Vous ne livrez jamais sur la vague insolente,

Un riche bâtiment à l'orgueilleuse amante

Que l'on nomme fortune et qui n'a pas de cœur.

Jamais on ne vous vit, flatteurs de la puissance,

Vous traîner sous son char comme un reptile impur ;

Et jamais, adorant un tyran au cœur dur,

Vous n'avez pour de l'or souffert son insolence.

Le lait de vos troupeaux suffit à vos repas,

Vos habits sont filés par le doigt de vos femmes,

Que l'amour vous donna dans ses pudiques flammes,

Et qu'un vil intérêt ne vous imposa pas.

Vous aimez à jeter, dans un sillon fertile,

Le grain qui doit un jour surcharger vos greniers;

Vous aimez à priver l'arbre de vos vergers,

D'un bois dont le fardeau leur serait inutile.

Du pain pour vos enfans!... c'est votre ambition;

Votre luxe est content d'un habit de dimanche,

Et simple dans ses goûts, telle que la pervenche,

Votre fille aux brebis dérobe leur toison.

Vous priez l'Eternel, car le doute qui tue,

N'a jamais habité dans un cœur simple et pur,

Et quand l'éclair brûlant sillonne un ciel obscur,

Vous adorez celui qui règne dans la nue :

C'est lui qui fait mûrir vos raisins , vos épis,

C'est lui qui donne aux champs les zéphyrs et la pluie ,

C'est lui qui voit vos pleurs , c'est lui qui les essuie ,

C'est son ange qui veille à vos chevets , les nuits.

Vous êtes les enfans de sa sollicitude ,

Car vos prières sont dignes d'aller à lui ;

Comme le mysotis qui monte sans appui,

Votre voix sait parler sans le fard de l'étude.

Le sol finit pour vous où finit l'horizon ,

Vous n'avez pas franchi le faîte des montagnes ,

Restez, restez toujours dans vos belles campagnes ;

Les hommes des cités n'ont d'homme que le nom.

Ils mettraient en lambeaux vos robes d'innocence ,

Et jetteraient sur vous le manteau de l'erreur ,

Et votre ame , enivrée au philtre empoisonneur ,

Se fermerait , hélas ! aux sons de l'espérance.

Qui veut vivre content doit beaucoup ignorer,
Heureux qui, méprisant le secret des sciences,
Résume en quelques mots toutes ses connaissances :
Aimer et travailler, jouir, croire, adorer.

C'est ce que vous savez, philosophes champêtres,
La nature vous mène à ses instructions;
Chaque jour élevés par ses saintes leçons,
Vous lisez au grand livre et n'avez pas de maîtres.

2.

Les Vents d'Été

Le vent furieux des montagnes,
Est descendu dans les vallons,
Et les roses de nos campagnes,
Brillans jouets des aquilons,

Voient l'une après l'autre arrachées,

Toutes leurs feuilles détachées,

Voler en tourbillon de fleurs,

Et retomber, neige odorante,

Au sein d'une onde transparente,

Qui s'enrichit de leurs couleurs.

Sur le doux ruisseau qui murmure,

Mille sons qu'on ne comprend pas,

Les dépouilles de la nature,

Comme les honneurs d'ici-bas,

Voguent au caprice de l'onde,

Qui, semblable au torrent du monde,

Les promène sur les récifs.

Comme un fantastique navire,

Qui glisse comme le sourire

Que forme une ombre sous les ifs.

Le flot vient battre le rivage,

Et mouille le pied des roseaux ;

Qui, symbole de l'esclavage,

Courbent leurs tiges dans les eaux ;

Ils s'inclinent sans résistance,

Comme les têtes de l'enfance

Sous la verge du précepteur ;

Tandis que plus fort que l'orage,

Le peuplier, fils d'un autre âge,

Elève au ciel son front vainqueur !..

Mais tout emprunte la parole,

Le désert entend mille voix,

Et le chêne dit son symbole

A l'écho mugissant des bois ;

La branche qui touche la branche,

Imite, quand elle se penche,

Le frôlement mystérieux

D'une mantille qui s'agite,

Sur un sein gonflé qui palpite,

Dans un rendez-vous amoureux.

La plante à la plante enlacée,

Dit : « Tout ici-bas rêve amour; »

Et la branche à l'arbre arrachée,

Répond : « Le plaisir n'a qu'un jour ! »

Et puis l'assemblage sauvage,

Des cris de bonheur et de rage,

De la joie et de la terreur,

Volant sur le vent qui les porte,

Semblent, en lui servant d'escorte,

Donner une ame à sa fureur...

Les passereaux qui, dans l'espace,

Exercent leurs jeunes petits,

A s'élever avec audace

Au dessus de leurs frêles nids,

Poussent mille cris de détresse;

Car les doux fruits de leur tendresse,

Luttant en vain contre le vent,

Précipités contre la terre,

Et déjà couverts de poussière,
Ouvrent à peine un œil mourant.

Dans le tourbillon politique,
Comme de faibles passereaux,
Que d'hommes à l'œil famélique,
Voient d'imperceptibles ciseaux,
De la trame qu'ils ont ourdie,
Couper la tresse mal unie,
Et les briser contre l'écueil,
Qu'eux-même, dans leur vaine audace,
A l'ennemi qui les terrasse,
Avaient destiné pour cercueil!

Le peuple est un vent implacable,
Qui, dans ses efforts inconstans,
Flatte, abaisse, élève, accable
Et ses amis et ses tyrans;
Et dans l'immense précipice,
Qu'il a creusé dans son caprice,

Il jette César et Brutus,

Et puis, rougissant de ses crimes,

Il divinise ses victimes,

Quand il ne les redoute plus.

X.

Destinée de l'homme.

Non, l'homme n'est pas fait pour errer dans ce monde ;
Frêle esquif, balotté par les vents et par l'onde,
Il n'est pas incertain du but qu'on lui traça ;
Une fin, du néant, avec lui s'élança :

Homme, vois cet azur, ce soleil, ces étoiles,
Du regard du Très-Haut impénétrables voiles :
Ces étoiles, ce ciel, ce soleil, c'est pour toi.
Ces animaux divers dont le ciel te fit roi,
Ce ruisseau qui s'écoule en serpentant la plaine,
Cette terre fertile où tu fais ton domaine,
Cette mer qui mugit sur des rochers déserts,
Ce volcan qui vomit la lave dans les airs,
Ce roc qui dans les cieux monte cacher sa tête,
Ce chêne, vieux géant, qui brave la tempête,
L'aquilon qui mugit dans les rameaux des bois,
Ce tonnerre qui gronde et ses cent mille voix,
Ce torrent qui bondit du haut de la montagne,
Ce zéphyr et ces fleurs jouant dans la campagne,
Tout marche vers un but tracé par l'Éternel;
Et toi, le souverain de ce monde mortel,
Toi, qui sens dans ton cœur et le froid et la flamme;
Toi, qui peux te nourrir des pensers de ton âme,
Du sol que tu parcours inutile fardeau :
Dois-tu borner ta course à l'oubli du tombeau?

Et Dieu, qui te donna cette âme à son image,

Détourna-t-il ses yeux de son plus bel ouvrage ;

Te dit-il : « Vil limon, par ma main façonné,

Traîne dans le bourbier ce que je t'ai donné ;

Cours d'écueil en écueil, et d'abyme en abyme,

Incapable de bien, incapable du crime ;

Marche, fils du néant, jusqu'au jour où mon bras

Au néant te rendra par la main du trépas ? »

Tu n'as pas entendu ce terrible langage,

Tu reçus du Très-Haut un plus noble apanage.

Abaisse les regards jusqu'au fond de ton cœur :

Le vois-tu tressaillir au seul mot de bonheur ?

Bonheur ! Félicité ! grands mots que l'homme adore,

Doux sons qu'aucun mortel n'a pu traduire encore,

Dites-moi sous quel ciel vous abritez les cœurs !

Quel est l'homme, ici-bas, couronné de vos fleurs ?

Mêlez-vous vos parfums au bruit du bal folâtre ?

Marchez-vous dans les rangs d'une troupe idolâtre,

Qui fait fumer l'encens sur l'autel du plaisir ?

Ou bien paraissez-vous, en manteau de saphir,

Au milieu des enfans de la bruyante orgie?

Non, vous n'êtes ici qu'une sainte harmonie,

Qu'un écho nous transmet en son doux et lointain,

Comme un de ces accords qui meurent sous la main...

Richesses et plaisir, amour, honneur et gloire,

Ne sont pas le bonheur; leur éclat illusoire

Caresse notre esprit et flatte notre orgueil,

Mais leur voix n'est souvent qu'un écho du cercueil;

Le bonheur ne gît pas au sein de la poussière,

Il habite les lieux où monte la prière:

Mon âme élève-toi dans ton vol immortel,

Monte comme la flamme aux pieds de l'Eternel!

Courage! près de toi la mort est impuissante.

O vertu, que ta voix, céleste et consolante,

Vienne former mon ame à l'éternel bonheur!

Crime, éloigne de moi ton aiguillon rongeur!

Car, plus fort que la mort, je suis né pour la vie,

Je suis né pour le ciel, ma première patrie:

Enfant de Jéhovah! je dois dans mon essor,

Aller prendre à sa main une couronne d'or.

Juste, réjouis-toi, brillante créature,

Tu ne dois pas t'éteindre ainsi que la nature ;

Les astres, l'aquilon, l'eau, la terre, le feu ,

Disparaîtront un jour sous le souffle de Dieu :

Mais toi, tu survivras à la chûte du monde ,

Sous un ciel plus serein que le bonheur inonde ,

Où tu ne verras plus la main grave du temps ,

Marquer d'un doigt noirci la course de tes ans,

Tu vivras de plaisir au bruit des chants de fêtes ,

Exempt des maux rongeurs, veuf des noires tempêtes...

Tes méchans oppresseurs, opprimés par le ciel ,

Ne pourront plus douter s'il est un Eternel :

Car si Dieu, maintenant s'endort sur son tonnerre,

C'est pour frapper plus fort , le jour de sa colère.

Tremblez, hommes de sang, qui riez du malheur,

Au sein d'une autre vie, il est un Dieu vengeur ;

Ce Dieu , qu'à chaque instant votre bouche blasphème,

Riant de vos fureurs, lance son anathème.

Tremblez, l'éternité va s'ouvrir devant vous :

Ennemis du Seigneur , redoutez son courroux.

O douce éternité, devant toi je m'incline ;

Répands dans mon esprit cette flamme divine,

Ce torrent de nectar, ce rayon de clarté,

Qui fait grandir le cœur pour l'immortalité.

XI.

Le dernier soupir d'Hermann.

Salut, zéphyr léger, salut brillante aurore,
Salut, fleurs du printemps, salut, rians ormeaux,
Je puis d'un œil mourant vous contempler encore :
Je puis entendre encor frisonner vos rameaux.

Le feu qui vient tarir les sources de ma vie,

N'a pas encor flétri mes sentimens passés,

Et j'aime à me livrer à la mélancolie.

Retranché des vivans, au sein des trépassés;

J'aime à me reposer sous votre frais ombrage,

Tout près de ce ruisseau témoin de mes beaux jours,

Où les méandres verts de son joyeux rivage,

Me guidaient, ô forêts, dans vos rians détours.

Là, ma main détachait une fleur de sa tige;

Là, fuyant le présent, je rêvais l'avenir :

Il était devant moi, beau comme un beau prestige,

Sa voix me disait : « Viens, je te ferai jouir....»

Insensé! je le crus, et déjà ma pensée,

Folle comme un soupir d'une ame de seize ans,

Par son bonheur futur, bien doucement bercée,

Ne voyait ici-bas que plaisirs enivrans;

Tantôt c'était des jeux, un œil de jeune fille,

Un coursier qui broyait le pavé sous ses pas,

Un bal au lustre d'or, au folâtre quadrille;

Tantôt le cor, les voix, le clairon, les combats,

Le sabre étincelant et l'altière victoire ;

Puis, de l'or, des honneurs, des ris et de l'encens,

Un océan de joie, un abîme de gloire,

Un nom fait pour braver les injures des ans.....

Et je quitte le monde, hélas ! sans le connaître,

Je quitte ses plaisirs sans les avoir goûtés,

Et, tel qu'un faible oiseau qui ne fait que de naître,

Je meurs au son bruyant des rameaux agités ;

Je meurs, quand la nature, hélas ! vient me sourire,

Quand le coteau, paré de ses plus beaux appas,

Semble dans son langage et me plaindre et me dire :

« La nature est si belle ! ah ! ne la quitte pas... »

Suspendez vos concerts, ô chantres du bocage ;

Pourquoi rendre plus dur le départ d'un ami !

Attendez pour chanter que, sous le vert feuillage,

Du sommeil de la mort je me sois endormi ;

Alors, chantres des bois, et toi, douce colombe,

Portez jusques au ciel vos chants mélodieux,

Suspendez votre nid au dessus de ma tombe,

Elevez vos petits sur le marbre pieux :

Et quand ma mère, un jour, viendra sur cette pierre,

Dites-lui que souvent je vous redis son nom ;

Mais quand son cœur à Dieu jettera sa prière,

Ah ! n'allez pas troubler sa méditation ;

Car alors, à genoux sur la pierre, comme elle,

Je prirai pour le sol que je fuis pour toujours :

Mon ame descendra de la voûte éternelle,

Pour faire un dernier vœu pour l'auteur de mes jours,

Pour entendre la voix si douce à mon enfance,

Cette voix qui formait mon cœur pour l'éternel,

Cette voix, guide sûr de ma sainte innocence,

Semblable au son divin échappé d'un autel.

Mais, adieu pour toujours éclatante nature,

Adieu, feuilles des bois, adieu ciel enchanteur,

Adieu, charmant ruisseau dont j'entends le murmure,

Adieu, mes vrais amis, je meurs comme une fleur...

Comme elle, je succombe au souffle du zéphyre,

Et comme elle, demain, je serai dans l'oubli...

Comme elle, j'ai passé comme un léger sourire,

Je n'ai vu qu'un matin, et mon sort est rempli.

Hermann regarde encor cette plaine fleurie,

Sent, dans son corps glacé, le râle des mourans,

Et quitte pour toujours une mère chérie,

Ses amis, son hameau, ses bosquets verdoyans;

Et maintenant, auprès d'un arbre funéraire,

L'oiseau fait retentir les échos d'un tombeau,

Et plus loin, respectez la douleur d'une mère,

Qui mêle sa prière au doux chant de l'oiseau.

Sarlat, le 2 Mai 1839.

XII.

Le Fantome d'Herman.

Les ombres de la nuit, sur une terre aride,
Descendaient lentement : par degrés éclipsé,
Le soleil se perdait dans l'horizon humide...
Par la brise du soir, mollement balancé,

Bulbul s'abandonnait à sa mélancolie ;

Le poète pensif écoutait ses doux chants,

    Tristes comme une plainte amie

Que murmure la voix qui brise un cœur mourant.

Tout respirait la mort dans le val solitaire,

Le ciel même, couvert d'un long voile de deuil,

Semblait se conformer aux pensers de la terre,

Qu'il renfermait comme un cercueil.

Le désert entendit, sous les doigts d'une femme,

Une lyre former des accords inconnus,

    Et la voix plaintive d'une âme,

Eveilla du rocher les échos éperdus.

    « Je viendrai suspendre ma lyre,

    » Au noir cyprès de ce tombeau .

    » Mon cœur, qui tremble et qui soupire,

    » Du marbre éveillera l'écho.

    » Amour, extase de mon ame,

    » Autrefois tu guidais mes pas ;

» Ma flamme, allumée à sa flamme,

» Ne craint pas le froid du trépas...

» Qu'il était beau, sur un coursier rapide,

» Nouveau Centaure, affrontant les dangers;

» Qu'il m'était doux de voir, sur la plaine liquide,

» Son esquif se jouer des dévorans rochers!

» Ah! viens, doux souvenir de l'amant que j'adore,

» Viens voltiger encor sur mon front sans couleur;

» Rappelle-moi ce jour où, de sa voix sonore,

    » J'entendis des mots de bonheur.

    » Bats bien fort, mon cœur, car la tombe

    » Permet de soupirer tout haut,

» Et l'amante, pleurant sur son amant qui tombe,

» De ses larmes ne peut offenser le Très-Haut.

» Dieu peut-il, d'un seul coup, briser deux destinées?

» Un tapis de gazon rompt-il de doux liens?

» Deux ames de vingt ans, par l'amour enchaînées,

» Ne peuvent-elles pas surmonter les destins ?

» En tranchant le fil de la vie,

» La mort laisse le souvenir :

» Le mortel et le mort restent en harmonie :

» L'un vit dans le présent, l'autre dans l'avenir.

» Si la tombe n'est pas muette,

» Réponds à mes tristes accens ;

» Sors, Hermann, sors de ta retraite,

» Rafraîchis mes pensers brûlans,

» Presse mon front pâli de ta bouche glacée,

» Viens !.. viens !.. je ne crains pas la mort :

» Dans tes bras froids et nus, mollement enlacée,

» Vers Dieu je prendrai mon essor...

» Enfin, là je pourrai, cher objet de mes larmes,

» Vivre de ton amour, soupirer tes soupirs ;

» Je verrai la fin des alarmes,

» Au seuil des éternels plaisirs.

» Sans toi , la vie est un martyre ,

» La moitié de moi-même est au milieu des morts ;

» Sous la main du trépas , que ne puis-je sourire ,

» Et de l'airain funèbre éveiller les accords !..

 » Je ne suspendrai plus ma lyre ,

 » Aux noirs cyprès de ce tombeau ;

 » Mon cœur , qui tremble et qui soupire ,

 » Ne tourmentera plus l'écho.

 » Sonnez, sonnez, cloches funèbres,

 » Pour, moi formez des glas pieux ;

 » Viens , Hermann ! viens , sors des ténèbres ,

 » Je brûle de voler aux cieux. »

La tombe se couvrit d'une flamme bleuâtre ,

La vierge, avait fléchi l'avare l'éternité :

 « Plus pâle que le pâle albâtre ,

 » Brûlante comme un jour d'été ,

» Pourquoi verser des pleurs? Viens, ô ma bien-aimée ,

» Le ciel a retenti de tes lugubres cris ,

» Car, l'oreille de Dieu n'est pas toujours fermée,

» Et la voix des vivans monte aux sacrés parvis...

» Tes larmes, en coulant sur ma cendre sans vie,

» Comme un feu qui se mêle au brasier mal éteint,

  » Nous remettent en harmonie ;

» Je puis encore ici te presser sur mon sein. »

Et deux bras, recouverts d'un linceul funéraire,

Obéissaient encore au feu des passions ;

La vierge, sur son œil, abaissa sa paupière,

Et son cœur ralentit ses palpitations...

Merci !... c'est le seul mot qu'entendit le silence,

Le rocher l'entendit, le répéta trois fois...

Dans les lieux où déjà nous vivons d'espérance,

Au luth des Séraphins, Anna mêlait sa voix ;

  Et depuis, lorsque minuit sonne,

  Ah ! venez rêver dans ces lieux,

Car le pâtre prétend que le rocher bourdonne :

« Les amans séparés sont réunis aux cieux ! »

XIII.

L'Éclair.

Le vent transporte les nuages,
Et sur les ailes des orages,
J'entends le tonnerre voler ;
La nuit descend triste et livide,

Et dans les cieux, l'éclair rapide,
Par intervalle viens briller.

Sa lueur pâle et vagabonde,
D'un bout à l'autre du monde,
Promène un inconstant rayon,
Qui, tel qu'un lugubre fantôme,
Visite l'asile de l'homme,
Et la solitude sans nom.

Au sein du nuage d'ébène,
Eclair brûlant, qui te promène,
Comme un vaste serpent de feu?
Est-ce les divines phalanges,
Ou la chaste main des archanges,
Ou le sceptre même de Dieu?

Est-tu le reflet de la gloire,
Que le Christ, après sa victoire,

Fut goûter au trône des cieux ?

Est-tu la terrible lumière,

Que Jéhovah, dans sa colère,

Laisse rejaillir de ses yeux.

Dis à celui qui te contemple,

Si tu viens du parvis du temple

De la sainte Jérusalem?

Et si le feu qui te colore,

Est le précurseur de l'aurore

Du jour qui n'aura pas de fin?

Si tu naquis aux voûtes sombres,

Où le persécuteur des ombres

Donne ses ordres menaçans?

Ou si tu sors du noir cratère,

Ou la montagne solitaire

Vomit le brasier de ses flancs?

Présage-tu malheurs ou fêtes,

Heures de calme ou des tempêtes,

Désastres ou prospérité ?

Annonces-tu le jour suprême,

Où le Dieu du Thabor, lui-même,

Ouvrira l'immortalité ?

Hélas ! le laboureur timide,

Craignant ta lueur homicide,

Ne sait où cacher sa terreur ;

La foudre ici se précipite,

Et la grêle, son satellite ;

Brise l'espoir du moissonneur.

Sans doute, las de notre offense,

Dieu t'a confié sa vengeance ;

Remplis ta juste mission,

Et dis à celui qui t'envoie,

Que tu viens de brûler la joie

Sur le bûcher de la moisson.

XIV.

Le Passé des Nations.

Le passé!... Quel désert sur le fleuve de l'âge,
Les générations s'endorment dans son sein ;
En remuant sa cendre, on trouve un monde éteint,
Dont le souvenir seul dénonce le passage,

En vain nous y cherchons l'empreinte de nos pas :
L'atôme en laisse-t-il sur la terre qu'il foule?
L'insensé frappe en vain le torrent qui s'écoule,
Le flot ne peut garder l'empreinte de son bras.

L'histoire!... C'est l'écho qui nous vient de la tombe,
C'est la voix du passé qui parle à l'avenir ;
Car le présent hélas! passe comme un soupir,
Qui brise, en s'échappant, un ame qui succombe!
Je commençais à lire au livre du bonheur :
La page du présent me paraissait bien belle,
Mes yeux, en l'épelant, la croyaient immortelle,
Et la main du passé l'arrachait à mon cœur.

Les ans chassent les ans dans cet abime immense,
Où vont les pleurs tardifs et la vaine espérance;
Semblable au flot battu par le flot repoussé
L'homme croit au présent et vit dans le passé ;
Il parle, et sa parole, encore inachevée,
Se grave, par moitié, dans l'obscur souvenir.

Le temps, d'un pas égal, fuit souffrances, plaisir

Et grandeur, qui nous flatte et meurt sans être née.

L'oubli nous cache tout sous un voile de fer ;

A peine quelques noms, ombragés par la gloire,

Burinés au fronton du temple de mémoire

Comme une pyramide au milieu du désert,

Semblent dire au passant : « Adore le génie,

Lui seul peut résister à la lime des ans ;

Il plane, comme un aigle, au-dessus des volcans ;

Il vit sur les débris de cent peuples sans vie. »

Vertu, grandeur, savoir et courage indompté,

Devant vous, je m'incline, et j'adore en silence...

A l'autel du passé, conduit par l'espérance,

Je viens baiser vos fronts ceints d'immortalité.

Que ne puis-je cueillir vos palmes éternelles ?

Puiser, sur votre cendre, un rayon de splendeur,

Et m'élever, par vous, jusqu'aux pieds du Seigneur,

Dont vos ames étaient les vives étincelles ?

6.

II.

Palais sans habitans., temples demi-croulés,
Marbres sans épitaphe, inscriptions pompeuses,
Pyramides du Nil, dont la tête orgueilleuse
Semble menacer Dieu dans les champs étoilés.
L'homme triste comprend votre muet langage ;
Vous pleuréz de l'affront de votre déshonneur,
Comme, dans Babylone, au sein de la douleur,
Les filles de Jacob gémissaient du servage.

Vastes camps des Romains, teints autrefois de sang,
En vain notre œil vous cherche au sein de la poussière:
Il ne nous reste plus, de votre horreur guerrière,
Que ce vide confus qu'on appelle néant.
Que sont donc devenus ces géants de courage,
Enfans d'un peuple-roi, grandis dans les combats,
Qui, du Tibre à l'Indus, broyant tout sous leurs pas,
Rivaient à l'univers les fers de l'esclavage ?

Fils de Léonidas, disciples de Platon,

Soldats de Périclès, vainqueurs de Salamine,

Grèce, toi qui brillais d'une splendeur divine,

Pourquoi l'écho dort-il aux champs de Marathon ?

Hélas ! ils ne sont plus ces jours où chaque mère

Endormait son enfant au bruit des chants guerriers ;

Ils sont passés les temps où, couvert de lauriers,

Le dictateur traçait son sillon dans la terre !

Le berger foule aux pieds la tombe des héros,

Le serpent fait son nid dans leurs urnes funèbres ;

Car le temps a couvert d'un voile de ténèbres

Ceux que Mars ombrageait de ses sanglans drapeaux.

Le Grec brisa son arc pour recevoir des chaînes ;

Il trembla de long jour sous le fer ottoman,

Et gémirait encore à l'ombre du croissant

Sans le canon vengeur des nations lointaines.

Le Romain, oubliant ses triomphes passés,

Ne sait plus ni nommer ni rechercher la gloire,

Et rougit en lisant les pages de l'histoire,

Belle des noms romains par les fils oubliés.

Parlez-leur de combats, ils répondront ivresse,

Amour, plaisir, bonheur, musique, volupté;

S'ils prononcent encor le mot de liberté,

C'est pour briser l'autel de l'antique déesse.

Atômes écrasés par le poids d'un grand nom,

Le fer est trop pesant pour leurs mains délicates,

Et les fils des Romains, les fils des Spartiates

Ne sont plus éveillés par l'accent du clairon.

Cadavre inanimé d'un colosse de gloire

Rome s'endort au bruit des chants religieux,

Et le Grec, sous le joug d'un servage honteux,

Ne revendique plus sa page dans l'histoire.

III.

Car, un jour, le Seigneur a dit à l'univers :

« Le règne des Romains et celui de la Grèce

Est passé pour toujours. Ma foudre vengeresse

A tes pieds avilis arrachera les fers ;

La Grèce a succombé sous le sceptre de Rome ;

Corinthe, en s'écroulant, entraîne ses vainqueurs ;

Rome, ses monumens, ses arts, ses empereurs

Attendent, pour tomber, la naissance d'un homme. »

Cet homme !... Le désert l'a vu naître et grandir ;

Le chêne l'a souvent abrité sous son ombre,

Lorsque la main de Dieu, sur son front large et sombre,

Traçait ces mots sacrés : gloire, sang, avenir ;

Il dérobe au désert une épée inconnue,

Et soudain la brandit en s'écriant : Malheur !...

Le démon de la gloire aiguillonne son cœur !

Jehovah ! fait voler son grand nom sur la nue,

Il dit ; et sa parole enfante des soldats ;

Rome et Constantinople entendent les Barbares,

Conduits par un tel chef, pousser des cris bizarres,

Attacher à leur char le destin des combats.

Guerriers sans armes d'or, avec des cœurs de pierre,

Qui, de leur bras tout nu, tendent un arc vainqueur,

Les enfans du désert font connaître la peur

A ceux dont le nom seul faisait trembler la terre.

Il marche, le guerrier !... Tout tombe sous ses pas ;

Il lève ses drapeaux, et les villes s'écroulent ;

Il pousse son coursier, et les empires roulent

Sous le glaive sanglant de ses fougueux soldats.

L'univers consterné semble lui crier : « Grâce ! »

Mais, lui laisse en passant un long sillon de feu :

Le deuil est son plaisir ; c'est le fléau de Dieu !...

L'univers, pour sa gloire, a-t-il assez d'espace ?

Marche, marche toujours, remplis ta mission,

Sème de corps humains les plaines dévastées ;

Les nations en sang viendront, épouvantées,

Servir de piédestal à ton ambition.

Que le sang et la mort soient toujours ta devise ;

Trace, sur les tombeaux, ton immortalité,

Afin qu'on puisse voir, dans la postérité,

Dans les champs de la mort toujours ton ombre assise.

Mais, quoi!... Ton cœur sauvage a senti le remords!

Ton bras serait-il las d'immoler des victimes?

Ou bien courberais-tu sous le poids de tes crimes

Tyran, qui, sur ton char, faisais voler la mort?

Quoi! devant un vieillard le Hun courbe la tête!

Et cette ame si fière au milieu des dangers,

Devant l'homme de Dieu fait plier ses guerriers,

Comme un blé jaunissant que brise la tempête.

C'est que le conquérant, ange exterminateur,

Est envoyé de Dieu, comme un mauvais génie,

Et n'a, pour les humains dont il brise la vie,

Que ses deux bras de fer que ne meut pas son cœur.

Mais, lorsque Jéhovah, de sa grandeur suprême,

Lui dit : « Je suis content, arrête ! c'est assez. »

Il rengaîne, en tremblant, ses glaives émoussés,

De peur que sur son front Dieu n'écrive : « Anathème! »

Anathème! Ce mot fit trembler Attila,

Quand devant ses soldats, saturés de carnage,

Un homme du Seigneur, sous l'égide de l'âge,

Lui dit : « Arrête-toi; car Dieu t'attendait là ! »

Il ne fut pas plus loin : ses trois cent mille braves,

Aux plaines de Châlons, sous la hache des Francs,

Couvrirent, de leurs corps, de leurs glaives géants,

Ces champs qu'ils désiraient couvrir de leurs entraves.

Comme un astre sanglant, qui se cache à nos yeux,

Le roi des Huns, un soir, couché sur son épée,

Par la main du Très-Haut sent sa tête frappée,

Et meurt sur des débris de trônes et de dieux.

Et ses soldats, voulant, loin des regards profanes,

Déposer le cercueil du pâtre conquérant,

Détournent sur son urne un fleuve tournoyant,

De peur qu'un ennemi ne tourmentât ses mânes.

IV.

Le chef des Huns mourut ; mais le bruit de ses pas
Eveilla l'univers, et cent peuples barbares,
Quittant leur ciel brumeux et leurs terres avares,
Viennent se partager le plus grand des états.
Ils sont tous étrangers, nul pouvoir ne les lie ;
Mais ils marchent d'accord, comme s'ils étaient tous
Conduits, par un seul chef, au même rendez-vous,
On dirait qu'un instinct les pousse en Italie.

Conscrits du Dieu vengeur, Vandales, Goths et Francs,
Hérules, Bourguignons, s'animent au carnage ;
Marteaux de l'univers, ils forment un autre âge,
Qui, sous le doigt du Christ, marche à pas de géants.
Ces peuples, qui n'avaient que l'instinct de la brute,
Qui, comme le lion, ne savaient qu'égorger,
Braver, en combattant, la faim et le danger,
Aperçoivent la Croix au milieu de leur lutte,

Goths et Romains, soumis au Fils de Jéhovah,

Du paganisme éteint brisent la grande idole,

Et portent, de concert, jusques au Capitole,

Les étendarts sacrés du Dieu de Golgotha;

Et le plus fier des Francs, enfant de la victoire,

Dépose la francisque à l'ombre de la Croix.

Heureux triomphateur des peuples et des rois,

Dans les eaux du baptême il retrempe sa gloire.

Rome échange son sceptre, et domine toujours,

Traitant d'égaux les rois que forment les batailles.

Un vieillard gouverna, sans fouiller les entrailles

Des peuples dont Néron faisait trancher les jours.

La ville des Césars est la ville éternelle !

Les peuples, à genoux, dans un élan pieux,

Pour le Dieu de Sion abandonnent leurs dieux,

Et l'univers revêt une armure nouvelle.

La science, à grand pas, suit la religion;

Les peuples conquérans s'envolent comme une ombre,

Qui rentre, pour toujours, dans sa demeure sombre,

Comme un ange frappé de réprobation.

Sur leurs débris fumans d'autres peuples s'élèvent.

Déchirés à leur tour par le feu des combats,

Ils ont aussi leur gloire et leur sanglant trépas,

Qui viennent cimenter la puissance qu'ils rêvent.

Charlemagne, Clovis, Duguesclin et Bayard,

Seront longtemps portés sur l'océan des âges,

Comme un débris sacré qu'épargnent les orages,

Et sur qui chaque siècle a fixé son regard.

Un nom ! c'est ce qui reste aux mânes des grands hommes ;

C'est le bien d'Henri-Quatre et de Napoléon,

C'est celui de Racine et celui de Byron ;

Car, devant Jéhovah, ils sont ce que nous sommes.

P ourquoidonc regretter un bonheur éclipsé ;

Il ne vaut pas la peine, ô mortels, qu'on le pleure.

Le jour succède au jour, l'heure succède à l'heure,

L'avenir au présent, le présent au passé.

Et l'oubli, ce génie à l'infernal sourire,

Marque tout, ici-bas, de son lugubre sceau,

Et jamais le passé n'est qu'un cri du tombeau,

Qui nous flatte un instant en passant sur la lyre!

XV.

Le Pays Natal.

Les moutons, près de la fontaine,
Aiment à dévorer le thym;
Le pasteur, à prendre leur laine,
Qui reste aux ronces du chemin.

7

L'aigle aime les champs de l'espace,

La moisson plaît au passereau,

A la douleur, le noir tombeau,

Au tigre, le chevreuil qui passe

Près des rameaux retentissans,

Les courtisans, aux rois impies,

Au poète, les rêveries

Et le lieu de ses premiers ans.

Qu'il soit brumeux, sec ou fertile,

L'homme, toujours, aime et chérit

Le pays où, d'un pas débile,

Il se promenait tout petit.

L'enfant du Nord aime ses glaces,

Et l'Africain, son sol brûlé ;

L'Espagnol, son ciel étoilé,

Et le Grec, son pays de grâces.

Comme tu fais battre les cœurs

Sol désiré de la patrie !

De la souvenance chérie
Le proscrit aime les douleurs.

Mon pays, j'aime tes campagnes
Couvertes de riches moissons,
Et le tableau de tes montagnes,
Changeant sous le doigt des saisons !
Je t'aime, quand la jeune fille,
Debout, sous un soleil brûlant,
Fait tomber le blé jaunissant
Sous le tranchant de la faucille !
Oh ! que j'aime l'écho des champs,
Quand la timide pastourelle,
Au premier vol de l'hirondelle,
L'éveille par ses doux accens !

J'aime à rêver près de ton onde,
Qui, dans son murmure pieux,
Semble dire aux heureux du monde :
Le bonheur seul est dans ces lieux !

Vierge des soucis de la terre,

Le laboureur, dans un sillon,

Sème et recueille la moisson,

Qui, sous sa main, croît et prospère ;

Et, chantant un joyeux refrain,

L'été, sous un rameau de hêtre,

Il achève un repas champêtre,

Et charge Dieu du lendemain !

Oui, je vous aime, eau murmurante,

Ainsi qu'un cantique pieux,

Je vous aime comme une amante

Que l'amant suit long-temps des yeux.

De votre marche sinueuse

Je parcours les rians détours ;

Vous enlacez, dans vos contours,

Telle qu'une vierge amoureuse,

Le bois, les coteaux et les prés,

Et puis, vous revenez encore

Caresser ces champs que j'adore,

Que vous quittez avec regrets.

Votre onde lentement s'écoule,

Telle qu'un immense miroir,

Elle ne connaît pas de houle ;

Et le ciel argenté du soir,

Lorsque l'astre de la nature

Se couche dans son lit de roi,

Comme un dernier rayon de foi,

Se réfléchit dans l'onde pure,

Et, dans ce moment solennel

Où la nuit étend ses longs voiles,

On aperçoit deux champs d'étoiles :

Un dans les eaux, et l'autre au ciel.

Sur tes bords, rivière chérie,

Je viens chercher des souvenirs

Avec la dernière harmonie

Qu'elle mêlait à mes soupirs.

C'est auprès de toi que mon ame,
Comme l'aurore d'un beau jour,
Forma son premier chant d'amour,
Que recueillit un cœur de femme !
Souvent tu nous vis sur tes bords,
La main dans la main enlacée,
Unis de cœur et de pensée,
Comme d'harmonieux accords.

Le doux zéphir qui vient bruire,
En expirant dans les roseaux,
N'est-il pas son léger sourire,
Qui venait mourir sur le flot ?
L'arbre, que l'aquilon incline
Dans l'obscur dédale du bois,
N'est-il pas le son de sa voix ?
Et le pampre de la colline
Ne redit-il pas à mon cœur :
« Pleure, pleure l'heure chérie

Où, sur les genoux d'une amie,

Tu bus la coupe du bonheur ? »

Revenez une fois encore,

O premier rêve de l'amour,

Vous avez mêlé votre aurore

Au déclin de mon plus beau jour.

O mon ange, ta main d'albâtre

Faisait onduler mes cheveux

Comme un souffle mystérieux,

Qui caresse un front idolâtre

Près de l'idole qu'il chérit

Et qu'il bénit d'une prière,

Qui s'élève, de sphère en sphère,

Dans le silence de la nuit !

N'est-ce pas toi, lune argentée,

Dont le doux rayon a glissé

Jusque dans mon ame agitée

Par le souvenir du passé?

Ah! dans ta course vagabonde,

Tu glissais près de son œil noir,

Qui suivait la brise du soir,

Qui se jouait au sein de l'onde,

Comme sur un cristal poli;

Ton rayon, venant du nuage,

Ou me découvrait son visage

Ou me le cachait à demi!

Amour, enivrante harmonie,

Source ineffable de plaisir,

Première extase de ma vie,

Qu'il est amer ton souvenir!

Mais, si quelque main que j'ignore

Venait s'appuyer sur mon cœur,

En moi, la flamme du bonheur

Peut-être brillerait encore.

Mais, silence, soupirs d'amour,

Car j'entends le son monotone

De l'airain sacré, qui résonne
Au sommet de la vieille tour.

Sa voix m'appelle à la prière,
Au parvis du temple pieux,
Qui lève son front solitaire
Sur la cendre de mes aïeux.
Sonne, sonne, cloche argentine,
N'es-tu pas un écho du ciel,
Qui t'échappes du saint autel
Comme une voix triste et divine?
Ton tintement fait naître en moi
Une consolante pensée,
Qui sort pieusement poussée
Par le souffle saint de la foi.

Ainsi, tu sonnas ma naissance,
Quand, des mains de l'Homme de Dieu,
Je pris la robe d'innocence,
Qu'attachait un cordon de feu ;

Tu résonnais, lorsque mon ame,

Brisant la coupe du pécheur,

Jeta le vase empoisonneur

Au sein d'une céleste flamme !...

Tu pleureras sur mon cercueil,

Telle que la voix d'une mère,

Qui mêle sa tendre prière

A la voix plaintive du deuil !..

Tout autour de moi me rappelle

De suaves émotions,

Qui viennent ombrager de l'aile

Le sommeil des illusions.

Chaque fleur m'apporte un sourire,

Et chaque flot un souvenir,

Et chaque brin d'herbe un soupir,

Qui vient expirer sur ma lyre.

Tous ceux qui m'aimaient sont partis,

Mais je regarde la poussière,

Et les ornemens de la terre
Ici parlent de mes amis.

Quand, sur la pierre funéraire,
Je revole vers le passé,
Je lis, en pleurant sous le lierre,
Un nom par la mousse effacé...
Le temps l'a rayé de ce monde ;
Mais il est gravé dans mon cœur,
Et le plaisir et la douleur,
Poussés tour à tour comme l'onde
Qui se brise contre un écueil,
N'ont pas effacé, de mon ame,
Le dernier rayon de la flamme,
Qu'un ame y jeta du cercueil.

Qu'un autre aille, loin de la rive,
Mesurer l'abime des mers ;
Et, tel que l'algue fugitive,
Balancé sur les flots amers,

Qu'il aille, au sein d'une autre terre,

Chercher un ciel d'or et d'azur,

Et que, dans un lointain obscur,

Il embellise sa carrière.

Qu'il étende son horizon,

Que, par des manœuvres habiles,

Dans le sein opulent des villes,

Il trouve l'éclat d'un grand nom.

Pour moi, je veux passer ma vie

A l'ombre de mes vieux ormeaux.

J'aime la tendre rêverie,

Qui s'échappe de leurs rameaux ;

Et la voix de mon chien fidèle

Dont le regard veille sur moi,

Les blancs taureaux dont je suis roi,

Et l'ami dont la voix m'appelle,

Et ces beaux yeux, guides des miens,

Dont le feu chasse les nuages,

Que la main forte des orages
Amasse sur nos jours sereins.

Ici, nulle main ennemie
Ne poursuit mon obscurité,
Et mon ame, vierge d'envie,
Vit d'une molle activité.
Le laboureur, chaque dimanche,
Près de ma porte vient s'asseoir,
Et je ranime en lui l'espoir
Mort dans sa chevelure blanche.
Ici, je bénis la douleur,
Je bénis même les alarmes ;
Car ma main peut sécher les larmes
Qui mouilllent l'œi du laboureur.

XVI.

Les Voix du Soir.

Le soleil se perdait dans le flot argenté,
Je voyais, à mes pieds, son grand globe de flamme,
Comme un feu réfléchi par les yeux d'une femme
Dans la vague d'un soir mollement agité.

Le jour fuyait la terre, et mon cœur, l'espérance ;

Le hibou, dans le roc, de ses sons caverneux,

Faisait dire à l'écho les accents douloureux,

Et la nuit étendait déjà son aile immense.

Je sortais, à pas lents, des parvis de l'autel ;

La foule avait cessé ses sublimes cantiques ;

Aucun bruit ne troublait, sous les voûtes antiques,

Le recueillement solennel.

Triste, le front placé dans ma main défaillante,

Perdu dans l'océan de mes rêves divers,

Je disais, en voyant, sur les arbustes verts,

Du jour décoloré la lumière mourante :

Tout se tait... Tout finit avec les bruits du jour ;

Un silence absolu règne dans les campagnes ;

Le châlet bien-aimé du pâtre des montagnes

N'entend plus ses fredons d'amour.

La campagne est déserte, et le tumulte cesse ;

Le zéphir seul gémit... Tout est donc mort, Seigneur ?

Rien ne veille ici-bas... Non, rien que ma douleur.

Elle est comme un serpent que mon souffle caresse.

Les soupirs de mon cœur troublent seuls le désert ;

Ma voix faible s'élève au milieu du silence,

Car la corde, que brise une longue souffrance,

      Veut essayer encor un air.

Le calme de la nuit plaît aux douleurs secrètes ;

L'âme s'élève à Dieu sur l'aile de la foi ;

Elle aime à réveiller, avec un saint effroi,

De la nature en deuil toutes les voix muettes.

Elle aime le désert qu'elle peuple à son gré ;

Elle y voit tour à tour, au milieu des ténèbres,

Des amis qu'elle plaint, venant dès lieux funèbres,

      Et des anges au front sacré.

L'imagination vient dorer tous nos rêves ;

Elle rouvre, pour nous, les pages du passé ;

C'est en vain, par les ans, qu'un siècle est effacé,

Nous avons devant nous, ses arts, ses rois, ses glaives.

De cent héros sanglans, des peuples ruinés,

Non, je ne cherche pas à retrouver l'image,

L'histoire leur réserve une sanglante page

      Où le deuil les a burinés.

Mais, à cette heure sainte où tout, dans la nature,

Respire espoir, bonheur, amour, recueillement,

J'aime à lever mes yeux vers le dôme éclatant,

Où montent les soupirs de chaque créature.

Là, des mondes sans nombre, aux pieds de l'Eternel,

Gravitant sous le poids d'une force mystique,

Font monter jusqu'à lui cet immortel cantique,

      Qu'accompagnent les luths du ciel.

Les plaintes, les soupirs, la timide prière,
Les cris de l'opprimé, la voix du souverain
S'élèvent vers le ciel par le même chemin,
Par l'échelle qui joint l'empyrée à la terre.

Qu'importe le langage ou le rang du pécheur,
Qui prosterne son front, qui gémit sur la cendre;
Dieu fit toutes les voix, peut toutes les comprendre,
    Quand elles sont l'hymne du cœur.

Celle de l'orphelin, sans appui, sans chaumière,
Celle du Savoyard, qui, tout petit encor,
Part pour tendre la main aux favoris de l'or,
Traversent, les premiers, ces voûtes de lumière.

Le guerrier, qui s'agite au milieu des combats,
Brave, pour son pays, la fureur des batailles,
Traverse, sans périr, des champs de funérailles,
    Un ange veille sur ses pas.

Car, sa mère le soir , arrose , de ses larmes ,

Cette place où naguère elle l'avait bercé ;

Et l'ange des combats, dans les cieux balancé,

Loin du fils de la veuve a détourné les armes...

Puisqu'il est vrai , Seigneur , que le pauvre et l'esclave

Sont autant, à tes yeux , que le riche et les rois ;

Que peu t'importe à toi si le bruit de nos voix

    Part du trône ou bien de l'entrave.

Dans cette heure où tout dort sous la garde de Dieu ,

Monte , monte , mon âme, atome de lumière ,

Le Dieu qui te couvrit d'un voile de poussière ,

Pour t'élever à lui te fit l'aile de feu.

Ne sens-tu pas en toi le rayon que les anges

Portent d'un globe à l'autre et rapportent au ciel ,

N'as-tu pas tour à tour , dans l'absinthe et le fiel ,

    Bu de tes larmes pour mélange ?

Et n'as-tu pas suivi le Dieu de Nazareth
Du jardin des douleurs jusqu'au pied du Calvaire?
N'as-tu pas, comme lui, dans ta triste carrière,
Du torrent de tes pleurs arrosé ton chevet.

XVII.

Prière de l'Orphelin.

Heureux du jour, dont le coursier rapide
Foule, en passant, l'arène du chemin,
Donnez, donnez au petit orphelin
Qui vous poursuit de son regard timide.

Ah ! devinez, aux soupirs de son cœur,

Que nul encor, d'une main tutélaire,

N'a de son front essuyé la poussière

Et de son ame endormi la douleur.

Depuis deux jours, ma voix se fait entendre

Pour demander... hélas !... un peu de pain.

Mais vous riez... car le cri de la faim

A l'opulent ne se fait pas omprendre !

Ah ! plaise à Dieu qu'a vos chevets assis,

Un noir chagrin jamais ne vous torture,

Mais quelquefois pensez que, sur la dure,

Un orphelin meurt de faim et d'ennuis !

Vous qui pouvez encor, près d'une mère,

Passer vos jours dans ses bras caressans ;

Conservez-la, car les petits enfans,

Loin de ses yeux sont seuls sur cette terre ;

Nul ne sourit à leurs jeux enfantins,

Nul ne dépose un baiser sur leur bouche,

Et nul ne vient veiller près de leur couche ;
Dans leurs cheveux nul ne passe les mains...

J'avais aussi, comme vous, une mère,
Alors j'avais parfois un peu de pain,
Je soulageais un petit orphelin
En partageant le pain de la misère.
Mais aujourd'hui que ma mère est aux cieux,
Je pleure hélas! et nul ne me console!
Donnez, donnez seulement une obole,
Et vous aurez le front plus radieux.

Donnez, donnez à l'orphelin qui pleure,
Et l'Eternel, un jour, vous le rendra.
Le pauvre heureux, riches, vous bénira ;
Il veillera près de votre demeure,
Et quand un jour, sur l'aile de la mort,
Vous courberez votre tête superbe,
Un mendiant, vous bénissant sur l'herbe,
Eloignera la crainte et le remord.

7.

Heureux du jour, dont le coursier rapide
Foule, en passant, l'arène du chemin,
Donnez, donnez au petit orphelin
Qui vous poursuit de son regard timide.
Ah! devinez, aux soupirs de son cœur,
Que nul encor, d'une main tutélaire,
N'a de son front essuyé la poussière,
Et de son ame appaisé la douleur.

Ainsi parlait l'orphelin en détresse,
Et l'opulent ne le comprenait pas,
Et renvoyait la poudre de ses pas
A l'orphelin, disant dans sa tristesse,
Qu'il est heureux!... Quel torrent de plaisir,
Quelle gaîté! que d'or sur son passage!
Et moi, je suis sous les coups de l'orage.
Suis-je maudit?... Mon Dieu, fais-moi mourir!...

Bordeaux, septembre 1839

XVIII.

Egalité Religieuse.

Pro omnibus mortuus est Christus.

Quels cris ! quelle douleur ! quel espoir !... quelle audace !
Chacun veut ici-bas terrasser son prochain ;
Un homme tombe-t-il ? un autre prend sa place,
Ou le renverse alors qu'il lui tendait la main.

L'échelle des grandeurs est ardue et glissante,

Chacun veut, à son tour, en monter les degrés ;

Il n'est aucun mortel que le pouvoir ne tente,

Le plus adroit le prend, l'autre s'arrête auprès.

Chacun se fait à lui sa couronne de gloire :

L'un, foulant à ses pieds ses ennemis vaincus,

Ecrit avec du sang ses exploits dans l'histoire ;

Un autre, fièrement drapé dans ses vertus,

Débite avec dédain des maximes stoïques,

Et veut porter le deuil dans le cœur des mortels

En donnant à sa voix des accens prophétiques...

Un autre, plus hardi, veut créer des autels !

Il faut à l'homme un culte, il lui faut une idole ;

L'un adore la gloire, et l'autre l'intérêt ;

Un autre, usant ses jours pour trouver une obole,

Tourmente la science et cherche son secret.

Tout mortel croit au Dieu qu'il craint ou qu'il adore,

1 prosterne son front au pied de son autel :

Chacun différemment par son culte l'honore ;

Mais tous ont de l'encens pour un être immortel.

Les uns ont immolé des victimes humaines

A des dieux qu'ils croyaient avides de leur sang.

D'autres ont célébré, dans des pompes mondaines ,

De leur divinité le terrible néant.

Ils mirent sur l'autel la débauche et le crime ,

L'ambition , l'orgueil , et la cupidité ;

Mais un Dieu sur la croix , innocente victime ,

Mit au rang des vertus, l'amour, la charité,

L'espérance, la foi, le pardon de l'injure,

Et lia les haillons à la pourpre des rois.

Des pauvres, des pécheurs, enfans de la nature ,

Sans glaives, sans appui vont promulguer ses lois ;

Il donne la science à leur troupe inhabile ,

Et, conquérans pieux , fiers de leur mission ,

Ils portent en tout lieu la foi de l'Evangile ,

Et prodiguent leur sang pour leur religion.

Leur doctrine grandit à l'ombre des supplices,

Sans haine et sans terreur , sous la main du trépas,

Ils font, de leurs bourreaux, leurs plus zélés complices,

Et vont à l'Eternel les devancer d'un pas.

Les dieux de bois et d'or sous leur parole croulent ;

La grandeur, sans rougir, secourt la pauvreté,

Et des siècles nouveaux à leur voix se déroulent :

L'un dit science, amour, et l'autre égalité !...

Egalité d'espoir, égalité de culte,

Puissance pour le fort, pour le faible, bonheur ;

Fraternité pour tous, paix après le tumulte ;

Gloire au roi pacifique, et mort à l'oppresseur.

Les temples des chrétiens, asiles dans l'orage,

Cimentés par le sang, lèvent leurs front pieux ;

La tempête les bat ; mais, sauvés du naufrage,

Ils sont le pont qui joint la terre avec les cieux.

Là, la prière unit le despote à l'esclave,

Le pauvre au grand seigneur... Tous ensemble, à genoux,

Font monter jusqu'à Dieu, comme un parfum suave,

Des prières, des pleurs, pour dompter son courroux ;

Ils ont communauté de craintes, d'espérance :

L'un vient y déposer le poids de sa grandeur ;

L'autre y vient oublier le travail, la souffrance ;

Un autre y vient verser les secrets de son cœur.

Notre religion nous donne un même père ;

Nous sommes tous petits, tous faibles devant lui ;

Nous n'avons qu'un instant à gémir sur la terre,

Et les rois même, un jour, auront besoin d'appui.

Cet appui, c'est la croix que le pauvre aussi porte.

Malheur aux grands qui n'ont qu'ennemis abattus,

Courtisans et valets pour leur servir d'escorte !...

Malheur à qui n'est pas riche de ses vertus !

On vit quelques peuples sauvages

Vouer aux mânes de leurs rois,

Dans leurs sanguinaires usages,

Les esclaves tremblans qui courbaient sous ses lois.

Les insensés croyaient qu'au delà de la terre,

Il existait des passions,

Et que notre triste poussière,

Faible ciment des nations,

Se ranimait là-bas pour commander encore,

Pour vaincre, subjuguer, ordonner, obéir,

Et que du pouvoir qu'on adore,

Elle gardait le souvenir.

Le roi, l'esclave qu'on immole

En hécatombe à son tombeau,

Arrivent froids et nus près du Dieu qui console,

Qui condamne, qui juge et victime et bourreau.

Le sang du martyr du Calvaire

Se répandit sur l'univers,

Et l'opulence et la misère

Aux banquets du Seigneur à tout mortel ouverts,

Vont puiser la force et la vie.

Et quand du flambeau de nos jours

Le trépas vient souffler la lumière pâlie,

Le lien de l'exil se brise pour toujours.

Puisque nous serons tous égaux au jour suprême,

Et qu'aux plaines de Josapha,

Marqués du sceau de grâce ou du sceau d'anathème,

    Sous le regard de Jéhovah,

Tremblans, nous attendrons la sentence éternelle,

    Je ne crains plus votre dédain,

Grands, qui devez, un jour, d'une sphère nouvelle,

    Chercher avec moi le chemin ;

Devant le doigt de Dieu nous paraîtrons ensemble

    Pour déposer notre fardeau ;

Je ne crois pas que là le pauvre encore tremble

    Ainsi qu'en deçà du tombeau...

Taurès , 1840.

XIX.

Tolérance.

Vision.

Et je dis au Seigneur que fais-tu de ta foudre?
N'es-tu pas irrité des crimes des mortels?
La justice, à ta voix, devrait réduire en poudre
L'enfant dans son berceau, le ministre aux autels?

» L'enfant naît du péché dans le sein de sa mère ;

Le ministre de Dieu ne vit plus dans sa foi,

Il remplit l'encensoir d'un parfum adultère,

Qui n'a jamais, Seigneur, pu s'élever à toi.

» Tes hymnes ont fait place à des chants impudiques,

Et l'avare, endormi sur des biens usurpés,

Ose encor jusqu'à toi porter les saints cantiques

Qui donnent l'espérance à ses sens agités.

» Il demande, pour lui, tous les biens de la terre,

Sur sa porte, à genoux, le timide orphelin

En vain demande un pain que lui donnait sa mère ;

Sur le seuil de l'avare on peut mourir de faim.

» Les conquérans, foulant sous leur char de victoire,

Les ennemis vaincus qui rampent sous leur pied,

Disent : « Tout fut créé pour former notre gloire,

Le trône est un autel dont l'homme est le trépied. »

« Le vieillard, oubliant que la mort le réclame,

Dans le vice assoupi, ne peut lui dire adieu,

Son front découronné, courbé devant la femme,

Lui donne les momens qui devraient être à Dieu. »

»L'homme d'un fer vainqueur entr'ouvre un sein de frère;

Il se plaît à laver ses deux mains dans le sang,

Hyène intelligente aux cris de la misère,

Il sent battre son cœur et jouit un instant.

»Ah! quand donc viendras-tu, vengeur de ton nom même,

Imprimer sur nos fronts le sceau réprobateur?

Quand arrêteras-tu notre orgueilleux blasphème?

Quand viendras-tu voiler notre œil profanateur?... »

Et le ciel s'entr'ouvrit à ma faible parole,

L'éternité parut à mes yeux éblouis,

Et, courbé, j'adorai le mystique symbole

De trois dieux en un seul, par un Dieu, réunis.

8

Et le Père, étendant sa main toute-puissante,

Fit tressaillir l'espace et pâlir le soleil,

Et sa bouche forma la parole tonnante,

Qu'entendront les tombeaux au moment du réveil:

« Crois-tu donc que je sois tel que me fait le prêtre,

Et que, toujours frappant, toujours prêt à frapper,

Je boive votre sang, et j'aime à me repaître

Des souffrances de ceux qui n'ont su m'adorer?

» Trop grand pour être atteint d'une mortelle offense,

Je mesure vos torts d'un compas de bonté,

Et lorsque je les mets dans la sainte balance,

J'y mets votre faiblesse et mon éternité...

» Laisse le monde errer, sans craindre rien, adore;

Tes frères égarés reconnaîtront mon nom,

Quand du jour éternel ils pourront voir l'aurore

Tout petits sous ma main, ils me diront: « Pardon! »

» Je pardonne toujours aux larmes pénitentes,

L'indulgence est de Dieu la plus noble vertu,

Que m'importe de voir bien des ames souffrantes?

En généreux vainqueur, je pardonne au vaincu. »

Et Jéhovah lança la foudre du nuage,

Et mes yeux éblouis cessèrent de le voir ;

Mais mon ame a gardé son éternelle image,

Dont elle est le reflet et l'auguste miroir.

XX.

La Calomnie.

À Anna.

Ne la condamnez pas !

Pourquoi défendre l'innocence ?
Sous la foudre de la vengeance
Ne doit-elle pas succomber ?
Et n'est-on pas déjà coupable,

Quand sous une haine implacable,
On a vu son honneur tomber?

N'avez-vous donc pas vu le monde,
Semblable au tonnerre qui gronde,
Lui lancer son arrêt de mort?
Ne voyez-vous pas le vulgaire,
Flétrir, d'une voix téméraire,
Cet innocent jouet du sort?

Eh! quoi! suis-je obligé, confondu dans la foule,
De laisser le méchant, vil torrent qui s'écoule,
Flétrir de son poison ce qui vaut plus que lui:
Perfide adulateur de la honte et du vice,
Dois-je, en restant muet, devenir leur complice,
Laisser la vertu sans appui?

Non, il est une voix plus forte que le crime,
Plus forte que le vent qui mugit sur l'abyme,

Aussi forte que Dieu !... Voix de la vérité,

Toi qui dans les cachots as fait tomber des chaînes,

Qui changes en amour la plus vive des haines,

    Descends de l'immortalité.

Descends pour un instant de dans le cœur de l'ange,

Sans craindre de salir ton pied nu sur la fange ;

Arrache du méchant le funeste manteau,

Et puis montre-le nous, menaçante vipère,

Du temple du malheur infidèle Cerbère,

    De la vertu vivant tombeau.

II.

L'argent, dans le creuset, se distille et s'épure,

Le guerrier s'endurcit, en couchant sur la dure,

Aux fatigues des camps ; et le cœur vertueux,

Des méchans supportant la rigoureuse épreuve,

En passant par leurs mains prend une armure neuve,

    Afin de conquérir les cieux.

Que vos langues jamais ne s'empressent de dire :

« Cet homme est criminel. » S'il allait au martyre ?...

Avant de condamner, jugez l'accusateur.

A combien d'innocens a-t-on forgé des crimes :

Combien de malheureux ont été les victimes

    D'un barbare persécuteur !

Sur le poteau du crime, au sommet du Calvaire,

Le Dieu de Nazareth, sous les yeux de sa mère,

Frappé par un bourreau, revint à l'Eternel.

Pour avoir conservé sa pureté de femme,

Suzanne allait périr de la mort de l'infâme

    Sans la sagesse de Daniel.

    Abreuvés de honte et d'injures,

    Et bourrelés par les tortures

    Qu'inventaient les Césars romains,

Insultés par la foule, accusés d'incendie,

Les vieux Chrétiens, flétris, abandonnaient la vie,

    Et nous en avons fait des saints.

Et quand la rage populaire,

Sur la France de Robespierre,

Dressait un échafaud de sang,

Mille fronts sans remords, tranquilles y montèrent;

Et parmi tous ces saints qui vers Dieu s'envolèrent,

Un roi tenait le premier rang.

III.

Anna vint parmi nous, jeune, aimante, adorée,

De parens et d'amis doublement entourée,

Comme d'un mur de fleurs, pour ombrager ses jours,

Deux larmes de regret naissent sous sa paupière,

Car l'époux ne peut pas faire oublier un père,

Et l'amitié dure toujours.

Sa jeunesse vous plut, et vous la recherchâtes,

De vos soins importuns soudain vous l'entourâtes,

Et pendant quelque temps, vous pressiez dans vos bras,

Dans un élan jaloux, cette enfant si naïve,

Qui, telle que la fleur que notre main cultive,
Semblait ignorer ses appas.

Son époux l'entourait des soins dus à l'épouse,
Comme de son enfant une mère jalouse,
Il respirait en elle, admirait sa beauté,
Eloignait de son front le chagrin qui torture,
Et préservait son cœur du sceau de la souillure,
Son nom de la méchanceté.

Elle était l'ornement de nos fêtes bruyantes,
Et quand elle suivait nos danses tournoyantes,
L'air était plus riant, l'orchestre était plus beau;
Le parquet frémissait sous son pied de gazelle,
Comme dans la forêt, une feuille nouvelle
Qui s'agite sur un rameau.

Ses paroles étaient douces comme la lyre,
Et ses jours s'écoulaient comme un léger sourire,

Qui se prolonge, afin de paraître plus doux ;

Chaque heure lui portait quelque nouvel hommage,

Et chacun, dans son cœur, emportait une image

  De l'ange qui régnait sur tous...

Vous pressâtes son front d'une bouche impudique,

Et la femme, semblable à la Minerve antique,

Que mine sourdement un insecte rongeur,

Par votre impur contact, déité profanée,

Vit tomber de son front, comme une fleur fanée,

  Son auréole de pudeur.

IV.

Aujourd'hui, voyez-la pencher son front qui tombe ;

Triste comme un écho qui répond de la tombe,

Sa voix ne pousse plus que quelques sons plaintifs ;

On dirait à la voir qu'on aperçoit une ombre,

Qui s'échappe un instant de sa demeure sombre,

  Afin de rêver sous les ifs.

Pourquoi cette fleur ravissante,

Courbant sa tête languissante,

A-t-elle perdu ses couleurs?

Pourquoi cette amoureuse étoile

S'est-elle couverte d'un voile

Qui nous dérobe ses lueurs?

Il faut que, dans la fleur de l'âge,

L'africaine, dans l'esclavage,

Voie son cœur d'ange s'avilir;

Il faut que le soleil flétrisse,

Le jeune et suave narcisse,

Que l'aube a fait épanouir.

L'herbe disparaît sous la bêche,

L'oiseau dépérit sous la flèche

Que lance l'habile chasseur;

La beauté de la jeune femme,

Comme un pur encens qui s'enflamme,
Brûle du feu de la douleur.

Le chagrin sourdement la mine,
Et l'on distingue une ruine,
Où l'on devrait trouver un lys;
On peut sur son front, jeune encore,
Qu'aucune rougeur ne colore,
Compter les douleurs par les plis...

Son regard s'est perdu dans un torrent de larmes,
On chercherait en vain à retrouver des charmes,
Dans ces yeux de vingt ans, que les maux ont vieillis;
Et l'on dirait, à voir sa démarche craintive,
Une fille des Grecs, tremblante et fugitive,
Craignant le fer des Osmanlis.

V.

Hélas! qu'elle a changé sous le feu des souffrances!
Jouissez maintenant de vos dignes efforts,

Car vous avez marqué le front de l'innocence
De la souillure du remords.

Oui, car elle succombe à la douleur morale,
Et ceux qui n'ont jamais pu lire dans son cœur,
Pensent, en la voyant ainsi souffrante et pâle,
Qu'elle est pâle de déshonneur.

Le moindre rayon de sa gloire,
Femmes, troublait votre regard;
A la vengeance la plus noire,
Vous empruntâtes un poignard :
Poignard mille fois plus terrible
Que le glaive de l'assassin;
Car l'un cesse d'être sensible,
Quand il s'échappe de la main;
L'autre toujours, toujours, avance,
Au fond du cœur qu'il a percé :
Il en éloigne l'espérance,
Avec l'aiguillon du passé...

Son ame d'ange était trop belle ,

Pour ne pas faire des jaloux ;

Vous dites : « Pour être autant qu'elle ,

Il faut l'abaisser jusqu'à nous. »

Et dès-lors , vous lui fites tendre

Les rets qu'on vous avait tendus :

Vous dites à l'homme de prendre

Jusqu'au germe de ses vertus.

L'homme usa toute la science ,

Puisée au livre de l'amour ;

Mais la colombe d'innocence

Brava les serres du vautour.

Elle garda son ame blanche ,

Qui domine vos cœurs ternis ,

Comme l'orgueilleuse avalanche ,

Domine les rochers brunis.

Comme Satan , qui vient de voir voler une ame

Sous les ailes de Dieu , rugissant de fureur ,

Vous mîtes en lambeaux sa couronne de femme,
    Que vous défîtes, fleur par fleur.

Vous n'aviez pu trouver une tache à sa vie,
La vengeance mourait par la réalité,
Et vous dites alors : « Eh bien ! la calomnie
    Saura dompter la vérité. »

Vous avez maculé, d'un stigmate adultère,
Cet ange de pudeur ; son enfant, par vos soins,
N'avait pu recevoir le baiser de son père,
    Ni l'embrasser de ses deux mains.

Elevez maintenant vos triomphes faciles,
Vous venez de lier son nom à votre nom ;
Innocente, elle pleure, et vous êtes tranquilles :
    Qui mérite mieux son pardon ?

Mais le monde a jugé la timide victime,
Car, en la délivrant de votre infâme autel,

La vérité l'enlève aux attaques du crime,
Et cette autre Suzanne a trouvé son Daniel.

VI.

Courage, belle Anna ! tes indignes rivales
Rampent, en rougissant, et tombent sous ton pied,
Car le crime , perdu dans ses propres dédales,
    Sert à la vertu de trépied.

Courage, belle Anna ! tu peux lever la tête,
Car nulle autre ne l'a plus brillante que toi ;
L'ouragan a passé, porté par la tempête :
    Sois désormais veuve d'effroi.

Courage, jeune enfant ! et souris à ta mère,
Car le ciel aujourd'hui de l'honneur te fait don ;
Ton père, revenu de l'erreur populaire ,
    D'Anna réclame son pardon.

Ah! pardon pour l'époux aux pieds de sa compagne ,

Dieu pardonne au cœur pénitent;

Le remords est si fort, que l'habitant du bagne ,

Par lui devient presque innocent.

O toi, qui des méchans as dénoué la trame ,

Sois à jamais béni , Seigneur ;

Sois à jamais béni , toi qui rends à la femme

Son innocence et sa pudeur.

XXI.

Résignation.

Frappe encore ô douleur , si tu trouves la place !
Frappe ; ce cœur saignant t'habhorre et te rends grâce !

(*De Lamartine.*)

Les ombres de la nuit descendent sur la terre,

L'astre-roi disparaît derrière l'horizon,

Le sommet des côteaux paraît, avec mystère,

   Coloré d'un dernier rayon ;

L'onde le réfléchit d'une teinte plus sombre,

On dirait qu'il frémit sous l'aile du zéphir,

Dont la dernière haleine, en s'éteignant dans l'ombre,

Frissonne comme un doux soupir.

C'est l'heure où toute voix s'endort dans la nature,

C'est l'heure où les oiseaux suspendent leurs concerts,

C'est l'heure où le ruisseau pousse un plus doux murmure,

L'heure du calme de la mer.

C'est l'heure du Seigneur, l'heure de la prière,

C'est l'heure où les amans soupirent leur amour,

C'est l'heure où l'enfant dort sur les bras de sa mère,

Fraîche fleur, fruit d'un jour !..

C'est l'heure où l'on attend, c'est l'heure où l'on espère,

L'heure où la haine dort sans glaive et sans venin,

L'heure où le mendiant, citoyen de la terre,

S'endort sur le bord du chemin.

Puisque tout est muet, que l'horrible insomnie

M'arrache, en frémissant, de mon lit de douleur ;

Que chacun de mes maux soit un son d'harmonie,

Une hymne d'amour au Seigneur.

C'est lui qui m'a donné les cordes de ma lyre,

Il m'inspira mes premiers chants ;

Que le dernier pour lui sur mes lèvres expire,

En accords tristes et mourans.

Toi, dont la parole féconde,

A dit à la terre : « Produis ; »

Aux fleuves : « Restez dans vos lits ; »

Au tonnerre : « Epouvante et gronde ; »

A la mer : « Brise sur tes bords

Tes flots en vague menaçante ; »

Au rossignol : « Gazouille et chante ; »

Au luth : « Forme de doux accords. »

Toi, qui d'un mot formas la terre,

Et qui brises l'aile des vents ;

Devant qui, les anges tremblans,

Se prosternent dans la poussière.

Etre, où tout être vient finir,

Et qui vis de ta propre essence,

Et qui retiens en ta présence,

Et le présent et l'avenir.

Toi, qui descends sur les nuages

Ecouter nos timides vœux ;

Toi, dont la voix est dans les cieux,

Sur la terre et dans les orages.

Roi, créateur de l'univers,

De quel nom faut-il qu'on te nomme,

Toi, dont la voix fait trembler l'homme,

Les cieux, la terre et les enfers ?

Sous quels noms divins qu'on t'adore,

C'est toi ; c'est toujours toi, Seigneur,

Que la tristesse et la douleur

Invoquent du soir à l'aurore ;

C'est ton nom sacré que l'oiseau,

En mille sons divers répète;

C'est ton grand nom, dont le poète

N'est qu'un mélodieux écho;

C'est ton nom que l'enfant murmure,

Et ce mot qu'il ne comprend pas,

Vient diriger ses premiers pas

Au dédale de la nature.

Terre, qu'il soit dans tes concerts,

Ce nom que révèrent les anges;

Enfant, redis-le dans tes langes;

Gravez-le sur vos flots, ô mers !..

Qu'il soit dans vos cris d'allégresse,

Et dans vos plaintes de douleur,

Et dans vos momens de terreur;

Et dans vos heures de tristesse !

Que pour sa gloire un seul autel,

Comme le temple judaïque,

En une même basilique,

Rassemble tout être mortel;

Que ce grand temple soit la terre,

Et son dôme le ciel d'azur,

Son autel tout cœur sage et pur,

Et nos soupirs une prière,

Soupir de bénédiction ;

Et que l'encens israëlite,

Dans le vase saint du lévite,

Refuse le feu d'Abyron.

Pour moi, j'accorderai ma lyre,

Pour chanter une hymne au Seigneur,

Et les accens de ma douleur

Le béniront de mon martyre.

Comme l'abeille, j'ai cherché

Des parfums dans chaque calice,

Des fleurs au bord du précipice,

Où mon cœur languit attaché ;

Comme l'oiseau, que le feuillage

Entend gazouiller tout le jour,

J'ai, des soupirs de mon amour,

Fatigué l'écho du rivage;

Ma vie a coulé comme l'eau,

Sur le frais gazon de la rive :

Mon ame, comme une captive

Qui n'a pu cueillir un roseau,

Sans appui, comme une orpheline,

A suivi le penchant trompeur;

Sur un torrent empoisonneur,

Elle a descendu la colline.

Ah! quand du fleuve de mes ans,

Je remonte le cours rapide,

Hélas! qu'il me parait aride,

Ce vert chemin de mon printemps!...

Chaque fleur porte son épine,

Et chaque plaisir ses douleurs,

Et chaque allégresse ses pleurs,

Chaque ouvrage un ver qui le mine.

8.

J'entendais, près de mon berceau,

Soupirer la voix d'une mère :

Ta parole, comme un tonnerre,

L'endormit au fond du tombeau ;

Ma lèvre, à sa main engourdie,

Attacha le baiser d'adieu.

Pourquoi m'as-tu laissé, mon Dieu,

La coupe amère de la vie ?

Le monde à ses joyeux banquets,

Me donna la fleur du convive,

Mais chaque feuille sur la rive

Fut couverte par un cyprès.

Tous ceux dont la main fraternelle,

Est venue essuyer mes pleurs,

Et mêler leurs vieilles douleurs,

A mon infortune nouvelle,

Ont, du parfum de l'amitié,

Sevré mon cœur veuf d'espérance,

Quand leur malheur, faisant silence,

N'eut plus besoin de ma pitié.

Heureux celui que la souffrance,

Poursuit de son avenir rongeur;

Sous la vengeance du Seigneur,

Le repentir croît et s'élance.

Telle qu'une fleur de l'été,

Dont le saule abrite la tige,

L'homme s'endort sous le prodige

Que fait naître l'éternité.

Sous la foudre de ta puissance,

O Seigneur, il reste courbé;

Mais, comme un archange tombé,

Son œil mesure la distance

Qui s'élève de nous à toi,

Et son orgueilleuse faiblesse,

Sous ta main forte qui le presse,

Reconnaît ta suprême loi.

A ta voix sainte qui l'appelle,

Ainsi que Jacob, il croit voir,

Dans les vapeurs sombres du soir,

S'élever la mystique échelle...

Mais si, pour nous, trop loin d'Eden,

Tu n'es plus fécond en miracles,

Si la voix sainte des oracles,

Pour nous est morte dans ton sein;

Toujours ta bonté protectrice,

Avant de nous anéantir,

Prépare, par le repentir,

Le dernier coup de ta justice.

Avant que l'ange de la mort,

Se repose sur notre tête,

Comme un mystérieux prophète

Qui devance l'arrêt du sort;

La douleur, au regard livide,

Vient annoncer le jour de Dieu,

Et sous un nuage de feu,

Laisse voir le dard homicide.

Malheur ! à qui ne comprend pas,

Et la douleur et ses présages :

Elle est pour nous la voix des sages !..

Ce n'est que pour Ezéchias,

Que le temps revint en arrière,

De la mort, une seule fois,

On vit les inflexibles lois

Fléchir au son de la prière.

. . . .

. . . .

Seigneur, je reconnais tes coups,

J'adore la main qui me blesse,

Et mon orgueil vaincu caresse

Le Dieu qui me tient à genoux ;

Comme nous, dans un corps de cendre,

Tu cachas ta divinité,

Et comme nous, persécuté,

Tu dédaignas de te défendre.

Tu bus, avec un front serein,

L'amertume de ce calice,

Que, dans un excès de malice,

Te donna le soldat romain.

Des mains d'un peuple fanatique,

Tu pris le sceptre de roseau,

Et tu montas sur le poteau,

Fin de ta vie évangélique...

Pour la gloire de Jéhovah,

Ah ! dis-moi qu'elle fut amère,

Ta course d'un jour sur la terre,

O Dieu, martyr du Golgotha !

Et moi, qui ne suis qu'un atòme,

Un ver que ton culte ennoblit,

Un esprit en qui tout est nuit,

Tout orgueilleux de ce nom d'homme,

Que ta divinité porta,

Etre tout formé de poussière,

Dont tu fus un instant le frère,

Et de qui l'erreur t'immola,

Maudirai-je ma destinée ?

Remplirai-je de tant de pleurs,

Pour la moindre de mes douleurs,

Les rapides jours de l'année;

Et de mes désirs exigeans,

Fatiguerai-je ta puissance,

Moi, qui, du manteau d'innocence,

Ai jeté les lambeaux aux vents.

Que me doit, à moi, ta justice,

Et qu'ai-je donc fait pour ton nom,

Moi, qui désire le pardon,

Sans m'épurer par le supplice?

O toi, qui sus vivre et souffrir,

Christ, que le pontife vénère,

Qui, sur la bouche de ma mère,

Recueillis son dernier soupir,

Quand mon ame tremble et s'incline,

Sous les coups de l'adversité,

Comme l'olivier balotté,

Que le Siroco déracine;

Ranime mon cœur par ta voix,

Afin que, si l'orage gronde,

Je ferme mon oreille au monde,

Et je m'endorme sur ta croix.

Le 30 décembre 1840.

XXII.

A un Vieillard.

Hélas ! vous rougissez aux soupirs de ma lyre,
Et votre œil sous son cil brille d'un nouveau feu.
Avez-vous donc compris que mon cœur en délire
D'un malheuraux amour jette l'élan à Dieu ?

Avez-vous, comme moi, bu dans la coupe amère,

Et mes maux, réveillant vos anciennes douleurs,

Comme le fer rougi posé sur une ulcère

Ont-ils rouvert en vous la source de vos pleurs ?

Si de vos blancs cheveux l'albâtre respectable,

Sans printemps, a blanchi sous le froid des hivers,

Si votre corps, penché sous un bâton d'érable,

Est courbé sous le poids de mille maux divers,

Ah ! ne vous cachez pas d'un jeune ami qui pleure;

Mon cœur est déjà froid, du froid de votre cœur,

Ils sont frères de maux, s'ils ne le sont pas d'heure,

On vieillit promptement sous le doigt du malheur.

De mon front sillonné la précoce vieillesse

Des secrets de mon cœur révèle la moitié,

Et mêle dans ses plis les feux de la jeunesse,

Les pensers de l'amour et ceux de l'amitié.

Au livre commencé des annales de l'âge,

Que pour d'autres remplit la douce illusion,

En frémissant, j'ai lu, sur la première page,

La fin de tout bonheur, j'ai lu: « Déception !... »

XXIII.

La Charité.

La Charité, du cœur sainte et divine essence,

A chaque malheureux donne un frère, un ami,

A chacun de ses pas renaît une espérance,

Se sèchent quelques pleurs, se lève un front meurtri.

Comme le Dieu martyr elle parcourt la terre,

Ecoutant nos soupirs, saignant de nos douleurs.

Chaque cri de souffrance est un nouveau calvaire,

Arrosé de son sang, de ses fertiles pleurs.

Elle est, dans un ciel noir, l'étoile protectrice,

Dont chaque malheureux absorbe un doux rayon,

Qui dérobe à ses yeux l'horreur du sacrifice,

Et les lambeaux qu'il laisse aux pierres du vallon.

Le 2 février 1841.

XXIV.

Le Jour de l'An.

A M. L.-L. curé de Sarlat, aumônier du Collège.

Gloire à vous, qui montez à l'autel du Seigneur,
Ministre révéré du plus sacré des cultes ;
Qui du monde évitez les voix et les tumultes
    Dans la profonde paix du cœur.

Béni soit votre nom que ma bouche murmure,
Comme celui d'un ange au parvis des autels !
Comme un flambeau sacré, conducteur des mortels,
    Feu rayonnant d'une ame pure;

Vous prodiguez à tous vos secours bienfaisans,
De ces plafonds blanchis, constellés de lumières,
Vous allez visiter les humides chaumières,
    Et la demeure des enfans.

On vous trouve partout où le devoir appelle,
Oublieux de vous-même et ne pensant qu'à nous;
Pour votre ame, il n'est rien de plus grand, de plus doux
    Que le salut d'un cœur rebelle.

Ah ! comme votre cœur s'élève transporté,
Quand, aux graves accens des voix du sanctuaire,
Vous mêlez vos soupirs, portés, par la prière,
    Au temple de l'éternité !

C'est alors, qu'animé d'une ferveur profonde,

Vous semblez voir les saints, et parler avec Dieu,

Disant, avec plaisir, un éternel adieu

    Aux vaines pompes de ce monde.

Et puis, abandonnant les doux concerts du ciel,

Votre esprit redescend, des plaines de l'espace,

Pour offrir, au Seigneur, notre action de grâce,

    Hommage du faible mortel.

Vous ne savez qu'aimer, encourager, instruire...

Votre voix, secondant votre exemple et vos vœux,

Résonne, au fond du cœur d'un pécheur malheureux,

    Comme les doux sons d'une lyre.

Le collége était veuf de soins religieux ;

Aucun homme de Dieu n'éclairait notre enfance ;

Nous n'échappâmes pas à votre vigilance,

    Vous vîntes nous montrer les cieux.

Vous n'avez pas semé sur une terre aride ;

Nous répondrons, j'espère, à vos soins assidus,

En suivant, avec vous, le chemin des vertus,

    Tout fiers de vous avoir pour guide.

Notre voix, s'élevant jusqu'aux champs azurés,

Des astres traversant l'océan de lumière,

Avec le pur encens, ira trouver le père,

    Qui réside aux parvis sacrés.

En donnant un salut à cet an qui s'envole,

Elle demandera, pour vous, paix et bonheur,

Et bénédiction, et regard du Seigneur,

    Sur votre front, pour auréole.

Soyez sept fois béni par le Dieu tout-puissant !

Ce sont les vœux formés, sur le seuil de la vie,

Par notre jeune cœur poussé par l'harmonie,

    A faire un vœu reconnaissant !

XXV.

Après la première Communion.

Au Même.

Enfin nos jeunes cœurs, près de la table sainte,
Ont palpité, d'amour et d'espoir et de crainte,
Pour ce Dieu qui voulut s'abaisser jusqu'à nous.
Il nous est donc permis de ressembler aux anges,

Demêler notre encens à leurs saintes louanges,
Et nos concerts à leurs concerts si doux.

.

fils de l'Eternel a daigné nous sourire ;
Des saints de Jéhovah nous entendons la lyre ;
Les portes de Sion sur leurs gonds ont roulé ;
L'éternel empirée à nos yeux se déroule,
Et comme, vers sa source, un fleuve se refoule,
Notre esprit trois fois a tremblé.

« Courage, nous dis-tu, frères, prenez courage !
Le Dieu martyr se plaît parmi ceux de votre âge ;
Il aime votre cœur aussi pur que l'encens.
Autrefois, sous les murs de la ville sacrée,
Il disait, écartant la foule trop serrée :
« Laissez, laissez approcher les enfans. »

Nous approchâmes tous, guidés par l'espérance,
Croyant en sa bonté, comptant sur sa clémence,

Affranchis, par ta voix, des chaînes de l'enfer,

Nous fîmes, de notre ame, une digne demeure

Pour celui près duquel tout le temps n'est qu'une heure,

Et qui pour l'homme s'est fait chair.

Il est des jours heureux, qui viennent, sur la terre,

Imposer quelquefois silence à la misère,

Et nous faire espérer un ciel pur et serein ;

Ces jours restent gravés, au fond de la mémoire,

Comme, sur un autel, l'auréole de gloire,

Qui brille au front radieux de nos saints.

Ce jour sera, pour nous, le jour par excellence,

Ce jour où, reprenant la robe d'innocence

Dont on nous revêtit sur les fonts baptismaux,

Enfans, régénérés de la sainte patrie,

Nous prîmes, en commun, le pain sacré de vie,

Vainqueur de la nuit des tombeaux.

Nous voulons aujourd'hui construire une boussole,

Qui nous dirigera vers celui qui console,

Si, jouets des autans, nous errons loin du port;

Nous plantons un jalon près du fleuve de l'âge,

Afin que nous puissions, en touchant le rivage,

    Nous endormir, contens, au lit de mort.

Que d'autres, prosternés aux marche-pieds d'un trône,

Soient les supports vivans d'une vaine couronne,

Qui doit, au plus, durer pendant quelques instans!

Pour nous, d'un roi plus grand implorons la clémence;

Assis à son banquet, demandons l'innocence,

    Pour couronner nos premiers ans.

Au Dieu, qui, dans ses mains, fait gronder le tonnerre,

A qui tout obéit, ciel, rois, enfer et terre,

Nous demandons le ciel, et pour nous et pour toi,

Afin que, couronnant tes vertus et ton zèle,

Ce Dieu daigne te mettre à l'ombre de son aile,

    Et t'éclairer du flambeau de la foi.

Ministre du Seigneur, que ta tâche est sublime !

Tu posas ton flambeau sur le bord de l'abîme

Que creusaient, sous nos pas, des esprits tentateurs ;

A ta voix ils ont fui dans leurs demeures sombres,

Et, jusques dans l'enfer, leurs criminelles ombres

     N'ont pu faire tomber nos cœurs.

Oui, nous aurons toujours, sous nos yeux, ce service :

Loin des sentiers, frayés par le hoyau du vice,

Nous nous rappellerons tes conseils paternels,

Et, si nous te suivons dans le séjour des anges,

Nous te dirons, en chœur, dans les saintes phalanges :

     « Nous te devons ces fleurons immortels. »

Reçois, en souvenir de notre gratitude,

Ce chant de notre cœur, qui, sur son luth, prélude.

Hélas ! pour tous tes soins c'est un faible présent,

Si, ce que nous pensons, nous ne savons le dire,

La bonne volonté, que le Seigneur inspire,

     Peut bien suppléer au talent.

XXVI.

La Fin d'année.

A. Mlle Claire de P..., âgée de 12 ans.

Puisque la fugitive année,
N'est plus pour nous qu'un souvenir,
Notre ame, d'espoir couronnée;
Doit un salut à l'avenir;

Salut d'amour et d'espérance,

Que l'ami fait à son ami,

Que le vieillard donne à l'enfance,

La mère à son fils endormi.

Moi, vers ton ange tutélaire,

Je fais monter l'encens du cœur,

Et je forme, comme une mère,

De tendres vœux pour ton bonheur;

A toi, qui du seuil de vie,

A peine as franchi la moitié,

Et qui t'avances accueillie

Par les soupirs de l'amitié,

Dont le parfum, comme l'orange,

Verse un nectar délicieux,

Que compose la main de l'ange,

Qui le laisse tomber des cieux;

A toi, doux plaisir, douce joie,

Contentement, prospérité,

Et rêve doré qui tournoie

Sur la douce réalité;

Et, si le souffle impur du monde,

Vient obscurcir ton ciel d'azur,

Si l'ouragan vient de ton onde,

Rider le flot limpide et pur,

Sur le frais gazon du rivage,

A l'amitié cueille une fleur,

Et n'éprouve pas le veuvage,

Ou la solitude du cœur !

Ah! que du Temps l'aile rapide,

Epargne l'or de tes cheveux !

Que l'amitié soit ton égide,

Et te préserve d'autres feux !

Copeyre, le 31 décembre 1840.

XXVII.

La Pensée.

Se roulant dans le doute, et craignant de mourir,

L'homme a donc renié l'essence de son être ;

Et le sophiste a dit : « Tout ce qu'un jour vit naître,

Pour toujours dans la mort doit se perdre et dormir.

L'homme n'est qu'un monceau de fange et de poussière,

Machine que le temps doit réduire en lambeaux,

Et dont chaque débris, s'attachant aux tombeaux,

Se marie au gazon et redevient matière.

Eh! que peut contre nous le vain courroux d'un Dieu?

Quand il veut se venger, le temps manque à la vie,

Et la tombe devient la forteresse amie,

Elevée entre nous et son glaive de feu.

L'ame n'est qu'un vain mot inventé par les hommes,

Qu'exploitent les tyrans pour nous mieux asservir.

Sapons ces préjugés; l'ame, c'est le plaisir,

La vertu, le bonheur : et sachons qui nous sommes!... »

Taisez-vous, vils penseurs, pourquoi nous avilir,

En tirant de nos corps cette divine image,

Que nous donna le ciel, comme un précieux gage,

Conducteur du présent, garant de l'avenir,

Crainte du scélérat, espoir sacré du juste,

Diadème du corps, que rien ne peut briser,

Feu, que le désespoir ne fait qu'électriser,

Esprit, qui du Très-Haut porte l'empreinte auguste?

Vous avez déguisé le venin de vos cœurs,

Sous le manteau trompeur de la philosophie;

Redoutant le fardeau de votre ame avilie,

Vous avez tout nié pour tromper vos terreurs.

Ne vous abusez pas : votre impuissante plume,

Comme un frêle roseau, par le vent emporté,

Se rompt en vains efforts contre la vérité,

Foyer où toute erreur se perd et se consume.

Enveloppé de fleurs, sous un nuage obscur,

Un instant, le sophisme étonne le vulgaire :

Mais la raison paraît; l'éclat de sa lumière

Chasse l'oiseau de nuit dans son repaire impur.

Mais je sens une sainte flamme,

Quelque chose qui vit en moi,

Qui du corps presse la paroi :

Serait-ce la fille de l'ame?

C'est elle, je la sens venir,

Et dans l'espace elle s'élance,

Comme un ange qui se balance

Sur ses deux ailes de saphyr.

Oui, c'est elle, c'est la pensée :

Elle revêt mille couleurs,

Touche en passant mille lueurs,

Et part sans en être éclipsée.

Gémissante comme un roseau,

Dont le vent agite la tige,

Sur les gramens elle voltige,

Se repose sur un tombeau ;

Là, boit la trace de mes larmes,

Qu'elle recueille dans les fleurs,

Prend le calice des douleurs,

De la pâle main des alarmes,

Et puis elle avale à long traits,

De la douce mélancolie,

La délirante poésie,

Qui croît à l'ombre des cyprès !..

Tantôt, fière comme une reine,

Elle plane sur les combats,

Portant le glaive du trépas,

Qu'elle dépose dans l'arène :

Elle entend la terreur, les cris,

Satellites de la victoire,

Et rêvant encor à la gloire,

Elle s'endort sur des débris.

Et tantôt, expansive et douce,

En volant dans un cœur ami,

Elle se perd et dort en lui,

Comme un jeune oiseau dans sa mousse :

Elle y recueille d'autre sœurs,

Et comme une plante odorante ;

Qui sur une autre fleur se hante,

Pour y puiser d'autres couleurs,

Elle se lie et s'entrelace,

Aux doux pensers de l'amitié,

Et prend, à la fois, la moitié

De deux cœurs que son cœur embrasse.

Vole, vole comme le vent,

De l'amitié tendre pensée,

Et sur ton aile nuancée

Comme l'azur du firmament,

De l'ami, dont chaque tristesse

Est un coup de poignard pour moi,

Va calmer le mortel effroi,

Par le contact d'une caresse!..

La distance pour toi se perd,

Tu mêles sa sphère à ma sphère,

Je sens une main qui me serre...

Ah ! mon cœur n'est donc plus désert!...

De l'ami lointain que je pleure,

Est-ce le doigt que j'ai senti?

Mon front de bonheur a rougi :

Est-ce son souffle qui l'effleure ?

Non, la matière n'est pour rien,

Dans ce doux bonheur qui m'enflamme ;

C'est mon ame qui voit son ame :

De deux pensers c'est l'entretien.

D'une vierge au regard candide,

J'ai vu le sein gonflé bondir ;

Son œil a dans mon œil jeté l'éclair rapide,

Qui, dépouillant tout cœur de son écorce aride,

Y grave : Bonheur et plaisir.

Ah ! je ne suis plus le même homme,

Et je sens un parfum divin

Qui, tombant dans mon cœur comme un mystique baume,

S'infiltre avec amour, et répand son arôme

Sur les ronces de mon chemin.

Quand je suis près d'elle, je rêve ;

Mon front, coloré de pudeur,

Comme un noble palmier qui courbe sous la sève,

S'incline en recevant le soupir qu'elle achève,

Et qui s'échappe de son cœur.

Je comprends son moindre sourire,

Le frôlement de ses cheveux ;

D'où vient que tout en moi se tord dans le délire,

Et qu'à chaque flot d'air que sa poitrine aspire,

Je lis mon bonheur dans ses yeux ?

Et pourtant, ma bouche timide ;

Jamais n'a prononcé l'aveu

Qui retombe sur moi, comme un poids homicide,

Qui comprime sous lui cet instinct qui me guide,

Comme la cendre éteint le feu.

Elle ne m'a pas dit : « Je t'aime ; »

Pourtant je crois à son amour,

Comme je crois qu'au ciel il est un Dieu suprême,

Qui dans l'éternité s'est engendré lui-même,

Et qui n'eut pas de premier jour.

D'où vient donc cette intelligence,

Qui fait que nous nous comprenons ?

D'où vient que pour nous deux il n'est qu'une espérance ?

D'où vient que dans l'éclair que notre regard lance,

Sans parole nous nous parlons ?

C'est que les brûlantes pensées,

Qui s'échappent de notre sein,

A la fois, dans nos cœurs, par l'amour balancées,

Partent, comme deux voix à la fois élancées,

Du timbre sacré de l'airain.

Mon ame à son ame pensive

Parle d'extase et d'avenir.

Toutes deux, sous les fers que l'argile leur rive,

Se disent des secrets, dont le son leur arrive

Par l'entremise du zéphyr.

Quand, près de moi, je sens une douleur qui veille,

Comme un insecte ailé qui bourdonne à l'oreille,

Et que la main, en vain, s'efforce d'éloigner,

Je viens m'agenouiller au fond du sanctuaire,

Et mon regard parcourt les nefs hospitalières,

    Que de mes pleurs je viens baigner.

Chaque fois que mon front touche la pierre humide,

Je sens voler au loin une douleur livide,

Et mon cœur, soulagé du poids qui l'accablait,

Comme un torrent qui rompt la digue qui l'arrête,

Palpite librement; et jusqu'au ciel il jette

    Le mystère de son secret.

Sans crainte, sans remords, échappée à la fange,

La pensée, en partant, s'entretient avec l'ange,

Et d'un parfum céleste aspire le nectar !...

Comme le papillon, qui sort du précipice,

Et dédaignant le sol, de calice en calice,

    S'élève au sommet du Cédar.

Quittant, pour un instant, ce vallon de misère,

Comme un ange gardien, qui laisse notre sphère,

Elle remonte à Dieu, s'échauffe sur son sein;

C'est de là que l'amour, qui fait vivre le monde,

Comme une source d'eau, qui fait jaillir son onde,

Se répand sur le genre humain.

Mon corps reste meurtri sur le sol que j'abhorre;

Mais mon ame parcourt un séjour que j'ignore,

Séjour de vrai bonheur, de consolation,

Où l'ame du chrétien se dilate et s'épure,

Entend, dans le lointain, comme un léger murmure,

Le son des harpes de Sion.

Pourquoi nous enlever cette sainte croyance,

Philosophes menteurs, qui brisez l'espérance,

Parce qu'elle est, pour vous, le pire des bourreaux.

Si vous craignez le jour où l'ame prend son aile,

9.

A nous, le jour du ciel et la vie éternelle ;

A vous, le sommeil des tombeaux.

Mais en vain vous cherchez cet oubli de la tombe !...

Le Très-Haut, ramassant chaque lambeau qui tombe,

Les couve, de son œil, jusqu'au jour éternel,

Où le méchant viendra, sans rançon, sans asile,

Courber son front tremblant devant ce Dieu tranquille,

Dont il voudrait briser l'autel.

Caupeyre, le 11 janvier 1841.

XXVIII.

Épître

A M. Louis de P....., sur son Mariage
avec Mlle Amélie M......

Ami, couler ses jours dans une solitude,
Sans semer ses pensers au fond d'un autre cœur,
N'est-ce pas une mort que le chagrin prélude,
Et qu'accompagne la douleur?

Jéhovah mit, en nous, le désir invincible
De la société ; l'homme a la faculté
D'agrandir son esprit, sans un travail pénible,
　　　Au contact de l'humanité ;

Mais, lorsqu'il ne peut plus se mêler à ses frères,
L'homme a l'ame stérile et ressent son cœur froid,
Comme si le démon, qui verse les misères,
　　　Avait marqué son front du doigt.

Car, tout seul, il ne peut dire à l'intelligence :
« Marche, marche toujours, il faut aller plus loin
Que celui dont le char éclatant te devance,
　　　Et t'éclabousse en ton chemin. »

La noble ambition, saint mobile de l'homme,
N'a jamais habité dans le fond des déserts,
Où la société ne répand plus son baume,
　　　Et le monde, ses doux concerts.

C'est là que vont mourir les jeux et le sourire,

L'amour et l'amitié, la gloire et les honneurs,

Que retient enchaînés l'abandon, ce vampire,

    Qui boit tout le sang de nos cœurs.

Mais ceci n'est, Louis, pour toi, qu'une chimère ;

Car, plus heureux que moi, tu peux, chaque matin,

Dans les bras d'une sœur, dans le sein d'une mère,

    Cacher ta joie et ton chagrin.

Les baisers de tes sœurs, l'amitié maternelle

Ne peuvent pourtant pas contenter tes désirs,

Et tu cherches, de l'œil, une sphère nouvelle,

    Pour trouver de nouveaux plaisirs.

Ah ! l'amitié, Louis, sans doute a bien des charmes,

Et tu peux, chaque jour, en goûter les douceurs :

Elle rit de ton rire, et pleure de tes larmes,

    Et souffre aussi de tes douleurs !

Mais elle ne peut pas remplir toute ton ame,

Elle n'est que la sœur d'un autre sentiment,

Dont les racines sont dans le cœur de la femme,

Où l'ami prend le nom d'amant.

L'amour, ce feu divin allumé par Dieu même,

Est un rayon sacré du suprême bonheur;

Il mêle notre vie à la vie que l'on aime,

Et pose, sur nous, une fleur.

Lui seul peut, dans ton cœur, combler ce vide immense,

Que nous éprouvons tous à la fleur de nos ans,

Alors qu'encore seul notre esprit se balance,

De sentimens en sentimens.

Il faut avoir un œil qui lise dans le nôtre;

Une femme qui pleure et sourit tour à tour;

Et notre esprit, calmé par les pensers d'un autre,

S'endort tranquille dans l'amour.

Alors que l'on est deux, quelle est douce la vie !

Qu'il est doux d'être aimé !... qu'il est doux de jouir !...

Qu'il est doux de vider la coupe d'ambroisie

    Qu'on reçoit des mains du plaisir !...

Mais quand le cœur est seul les plaisirs et les fêtes

Ne sont qu'un long ennui qui parle en chants joyeux,

Et qui tremble d'abord au souffle des tempêtes,

    Lorsque l'on n'est pas deux à deux.

Quand le souffle divin eut animé la boue,

L'homme vers le bonheur dirigea son essort ;

Mais son ame resta telle que cette roue

    A laquelle il manque un ressort.

Promenant ses regards sur la nature entière,

Il ne vit aucun être assez noble pour lui,

Et, sentant une main qui fermait sa paupière,

    Il dormit bercé par l'ennui.

Dans son sommeil, sans doute, il rêvait un autre être,

Qui pourrait, avec lui, converser et prier,

Et dont l'ame serait digne de le connaître,

De le bénir et de l'aimer.

Ah ! comme il tressaillit, quand, de son œil humide,

Il surprit un regard plus divin que le sien,

Qu'il put poser sa main sur ce front si candide,

Et le presser contre son sein !

Comme Adam languissant, comme lui, dans ton rêve,

Tu demandais au ciel une angélique main

Pour répondre à la tienne, et Dieu te donne une Eve

Plus pure que l'Ève d'Eden...

Courage ! verse un baume à ton ame souffrante,

Désormais tu n'as plus à redouter le deuil ;

Tu peux cacher ton front dans le sein d'une amante,

Quand tu passes près d'un écueil.

Ton ame désormais sera veuve d'alarmes,

Et l'épouse y mettra le germe du bonheur,

En séchant, dans tes yeux, la source de tes larmes

Avec les paroles du cœur.

Va donc, avec orgueil, recevoir Amélie :

Que, devant les autels, elle prenne ton nom,

Et qu'elle soit ton guide au chemin de la vie,

Telle qu'un ange de Sion !

Qu'elle joigne sa race à ta race si belle,

Comme se joint l'orange aux verdoyans rameaux,

Et que tes jours, sans bruit, s'écoulent auprès d'elle,

Semblables à de belles eaux.

O toi, que mon regard ne connaît pas encore,

Dont le nom cependant a volé jusqu'à moi,

Ah? que n'ai-je, Amélie, une lyre sonore,

Qui forme un chant digne de toi !

Si j'avais, sous mes doigts, la harpe du poète,

Sa corde, avec transport, vibrerait pour vous deux,

Et ce chant de mon cœur, que ma bouche répète,

    Aurait un son mélodieux.

Mais, prêtre sans talent du temple de la lyre,

A la seule amitié j'emprunte mes acceens;

Trop heureux si je puis attirer son sourire

    Par la faiblesse de mes chants.

Je parle, et la parole expire sur ma lèvre;

Et mon luth à ma voix ne peut se marier,

Car, tel qu'un frêle enfant que sa nourrice sèvre,

    Je ne sais que balbutier.

Aujourd'hui, cependant, ma langue se délie,

Pour adresser au ciel des vœux pour deux époux.

Ma prière se joint à celle d'Amélie,

    Seigneur, pour mieux monter à vous.

Ah ! donnez-leur, mon Dieu, plaisir, bonheur et fêtes,

Amour, prospérité, contentement, espoir ;

Qu'ils traversent, riant, le séjour des tempêtes,

  Sans craindre l'orage du soir.

Amélie et Louis, noms que le ciel rassemble

Par un lien d'amour, d'espoir et de beauté,

Allez, d'un vol égal, vous reposer ensemble

  Au sein de la félicité.

Caupeyre, le 19 février 1840.

XXIX.

A un enfant, le jour de son Baptême. (1)

Jeune ange, tu souris sur le seuil de ce monde,

Tu ne sentis jamais son aiguillon de feu ;

Et la religion, t'arrosant de son onde,

A recréé ton ame à l'image de Dieu.

(1) Cette pièce de vers a été faite pour le jour du Baptême de Mlle Léodie Cazeau, fille de M. Cazeau, l'un des gérans de la compagnie d'Arcachon. Elle fut présentée aux fonts baptismaux par M. le comte Alexandre de Blaccas et par Mme Léocadie Boué.

Cette ame est maintenant dans son temple d'argile,
Où de la foi du Christ elle a reçu le sel.
Qu'aucune main ne vienne, à cet autel fragile,
        Rompre le sceau de l'Eternel !

Notre corps est un temple, où le Dieu du Calvaire
De sa gloire a placé l'auréole d'amour.
Un soupir, un seul mot, un souffle impur l'altère ;
Il n'est fait que pour l'ame, et lui sert de séjour.
Le tien, régénéré, blanc des eaux du baptême,
Porte le sceau vainqueur qui marque les élus ;
Conserve toujours pur le sacré diadème,
        Dont les fleurons sont les vertus.

Ton ame doit avoir un bien divien sourire !...
Qu'elle doit éprouver un suave bonheur,
Quand, regardant le ciel, dans son heureux délire,
Dans chaque ame de saint elle voit une sœur !...

Car, moi, je ne crois pas que l'enfant, dans ses langes,

Ait, dans un corps souffrant, l'ame qui ne sent pas,

Et, s'il reste muet, c'est qu'il sourit aux anges,

     Que lui seul peut voir ici-bas.

Ce n'est que quand les bruits, qui partent de la terre,

Ont fait grandir son cœur pour les impressions,

Que d'un bras enfantin il entoure sa mère,

Et l'amour filial, rose des passions,

Anime seul son ame, encore si candide,

Il dit sous un baiser : « Mère, sois mon égide;

C'est sur ton sein qu'est le bonheur !... »

Loin de l'œil maternel, le bonheur meurt bien vite;

C'est une fleur que fane un contact étranger;

Que brûle le soleil, que l'aquilon agite,

Que l'orage du cœur vient battre et submerger !...

Heureuse enfant, bientôt, à la voix maternelle,

Tu verras s'élever le bonheur et l'espoir,

Si tu veux que ta course, en ce monde, soit belle,
  Sois de ta mère un vrai miroir.

Ah ! grandis sur ce sol, qui, naguère stérile,
N'offrait, à nos regards, qu'un lugubre manteau
D'herbe sans aucun prix, dont le nombre inutile
A son germe de vie assignait un tombeau ;
Mais qui, veuf maintenant de son esprit sauvage,
Sort de sa nullité, comme un nouvel Eden,
Et prodigue aux auteurs de cet immense ouvrage
  L'immense trésor de son sein.

Fille d'un conquérant d'une terre nouvelle,
Tu pourras avec lui la regarder grandir,
Et dire, avec orgueil : «Je suis jeune comme elle.
Toutes deux nous brillons d'espoir et d'avenir ! »
Ah ! comme avec amour, de ta voix enfantine,
Nous entendrons ici les suaves accens,
Quand, auprès de Léon et près de Caroline,
  Tu seras de leurs jeux d'enfant !

Nous dirons, en voyant tes caresses naïves,

Et tes grâces sans fard et ton front virginal :

« Monde n'écrase pas cet ange sur tes rives,

Et ne l'emporte pas au tourbillon du mal.

Ah ! grandis dans son cœur, orgueil de l'innocence,

Sois, pour elle, une digue au torrent des douleurs,

Et que la vie, où meurt trop souvent l'espérance,

    Soit, pour elle, un chemin de fleurs ! »

Enfant, que le chagrin jamais ne te bourrelle !

Et si des pleurs, un jour, viennent mouiller tes yeux,

Que ce soit de ces pleurs qu'Amour vient, de son aile,

Dérober aux humains, pour les porter aux cieux.

Ah ! ne poursuis jamais un fantôme illusoire ;

Par la réalité, tu le verrais périr.

Et surtout garde-toi de rêver à la gloire :

    On dit que ça fait trop souffrir !

Mais, à Léocadie, apporte ta tendresse ;

Apprends d'elle vertu, douceur, humanité ;

Prends pour guide Alexandre, en sa noble sagesse,

Et des grâces reçois la sainte royauté.

Ah ! viens régner sur nous par le pouvoir de l'âme,

Et tous, pour ton bonheur, feront un même vœu,

Car le sceptre des cœurs appartient à la femme,

Comme celui du ciel à Dieu !...

La Teste-de-Buch (Gironde), 1840.

NOTE.

(A) Presque aux portes de Bordeaux, entre le lac de Cazeau et le Bassin d'Arcachon, s'étendait naguère une plaine de neuf lieues carrées, plaine immense et déserte qu'on eût cru frappée de la réprobation des vieux monts Gelboé, si des bruyères épaisses et hautes n'avaient pas dénoncé, le germe de végétation qui dormait dans ce sol abandonné depuis des siècles, à des bergers ignorans, qui, montés sur de hautes échasses comme pour se dérober à la civilisation, surveillaient les troupeaux maigres et chétifs qui paissaient entre les herbes parasites. En se rendant de dans la capitale de la Guienne à La Teste qui fut, dit-on, la capitale des Boïens, le voyageur intelligent qui s'avançait lentement dans une route de sable s'étonnait de trouver, sur le sol de France, une terre si heureusement située, poétique comme les terrains vierges du nouveau monde, sans culture, sans civilisation, presque sans habitans. Cette intéressante contrée qui de tout temps avait attiré les regards des agronomes par la luxuriante végétation de ses arbustes, avait par sa position importante, fixé l'attention des économistes et des hommes d'état; Sully, Henri IV, Louis XIV et Richelieu avaient dit. « Il faut que cette terre produise, » et la plaine de Cazeau était encore, comme la plus grande partie des Landes de Gascogne couverte de son manteau primitif, périodiquement dévorée par le feu des pasteurs, qui livraient aux flammes les arbustes élevés qui empêchaient les rayons du soleil de venir féconder les herbes succulentes destinées à nourrir les troupeaux, unique richesse du Landais. Plusieurs écrivains distingués avaient aussi appelé la civilisation dans les Landes; mais ils n'étaient que des prophètes précurseurs. Monsieur le Baron d'Haussez pendant sa glorieuse et patriotique administration, employa son beau talent et sa plume élégante à extirper les préjugés qui avaient mis les Landes au ban des terres susceptibles de culture, et plus heureux que ses devanciers, il a vu, comme il dit lui-même, se réaliser le rêve de sa carrière administrative ; des hommes distingués sous tous les rapports, sortant pour la plupart de hauts emplois, ont renoncé au luxe des villes où leur fortune leur permettait de briller, pour venir planter dans la terre des Boïens le soc fertilisateur qui en fera, dans peu, une des belles contrées de notre vieille France, et qui déja couverte de mûriers, de prairies, de terres labourées ou ensemencées, voit la fertilisation arriver dans son sein par une infinité de petits canaux destinés à arroser cette immense plaine qui possède déja une fabrique de savons, de thérébentine et de résine, et qui voit s'élever d'immenses magnaneries, une féculerie, un haut-fourneau, et une sucrerie, usines et fabriques qui soutenues par les grands capitaux de la compagnie d'Arcachon, verront leur produit se répandre sur toute la France, par le canal qui joint le lac de Cazeau au bassin d'Arcachon, et par le chemin de fer qui, en longeant les propriétés de cette compagnie civilisatrice, la rapproche de Bordeaux et facilite les transports en en diminuant le prix. Ainsi on dirait que l'agriculture, le commerce et l'industrie se sont réunis pour réparer la longue injure faite par les hommes à cette contrée féconde, qui leur rend à usure les trésors qu'ils déposent dans son sein ; à la vue de tant de travaux suivis de si glorieux succès, au milieu de ceux qui les avaient exécutés, je n'ai cru pouvoir mieux caractériser cet ouvrage de géans qu'en le comparant à une création ou à une conquête, et en m'adressant à la fille d'un des gérans de la compagnie d'Arcachon, présentée aux fonts baptismaux par un des plus honorables collaborateurs de son père, n'ai-je pas pu dire sans hyperbole ?

Fille d'un conquérant d'une terre nouvelle, etc.

FIN.

TABLE.

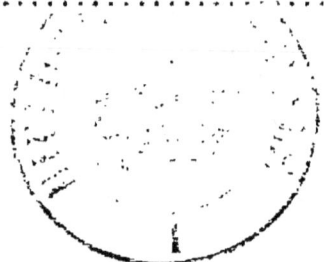

Toulouse, imprimerie de J.-B. PAYA.

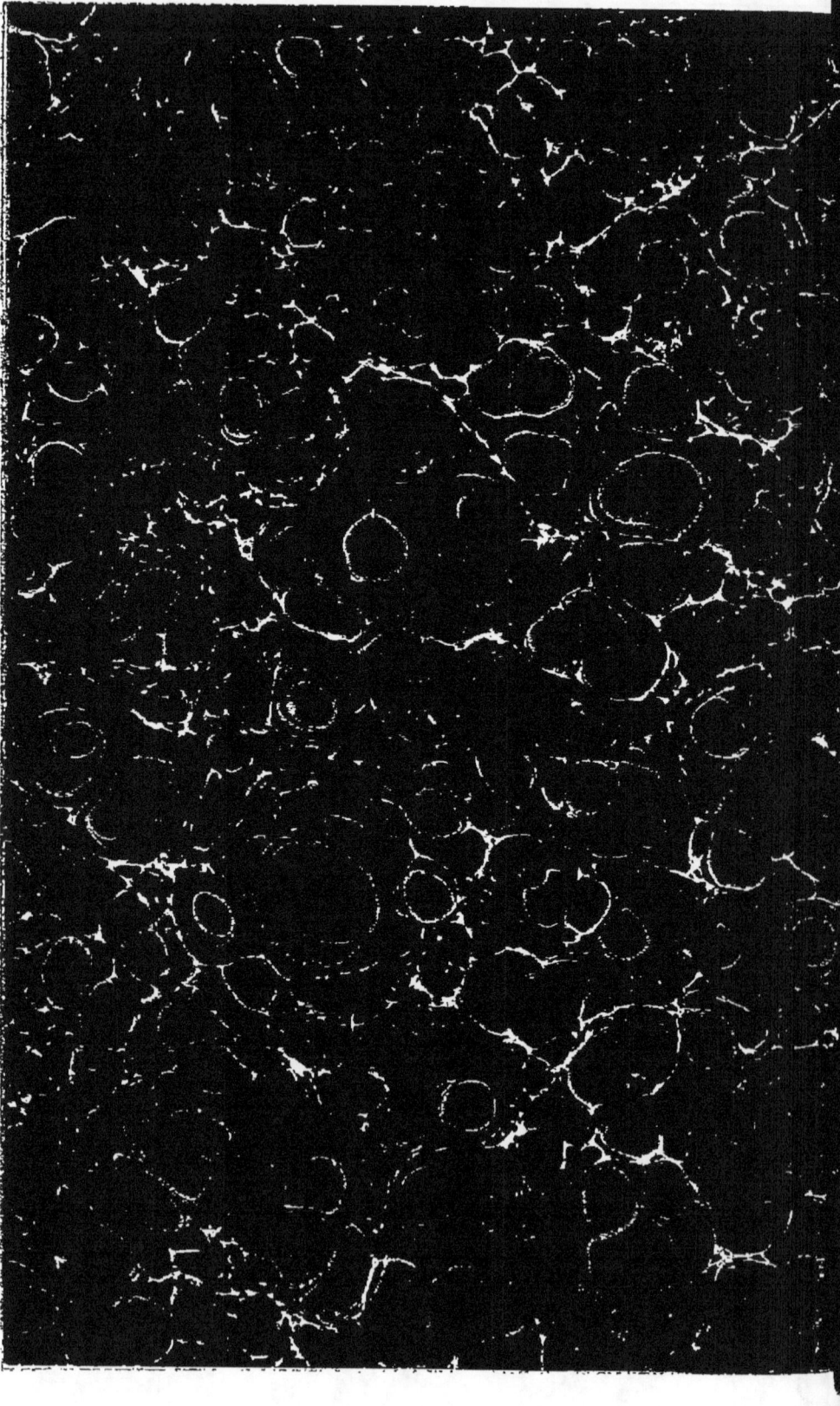

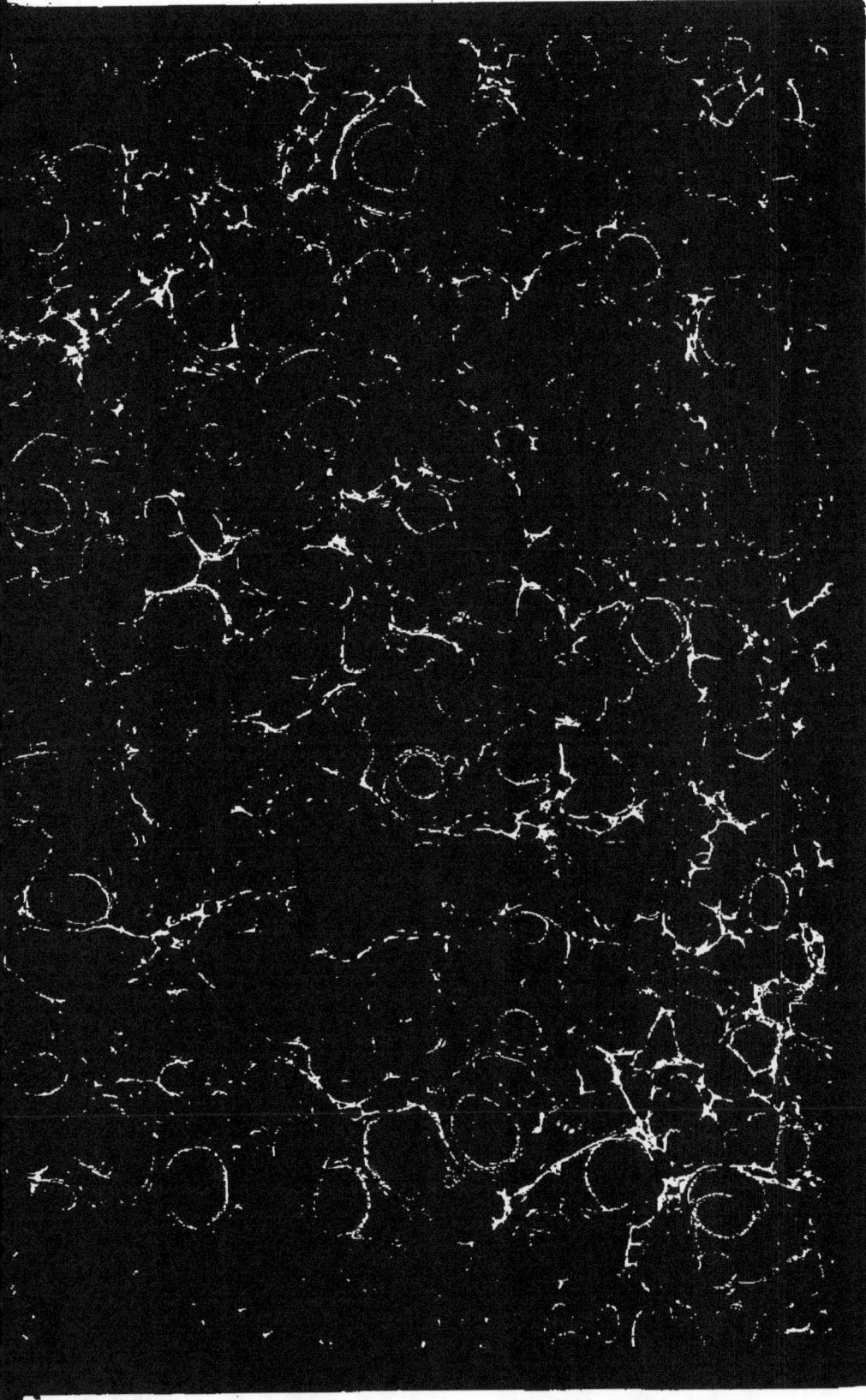

www.ingramcontent.com/pod-product-compliance
Lightning Source LLC
Chambersburg PA
CBHW050145030726
47505CB00005B/1240